密室法典

五十嵐律人

Ritsuto Igarashi

角川書店

密室法典

目次

装画　秋　赤音
装幀　大原由衣
本文図版　二見亜矢子

プロローグ

牢獄《ろうごく》のロースクール。

法科大学院がそのように揶揄《やゆ》されていることを僕が知ったのは、合格発表の翌日。正確には霞《か》山《ざん》大に赴いて入学書類を提出した後だった。

教務課を出て通路を歩いていると、『牢獄へようこそ』と書かれたビラを手渡された。

「何ですか、これ」

「合格祝いと歓迎のメッセージ」

微笑み混じりに答えたのは、年齢不詳の女性だった。在学生が悪ふざけで配布しているのだろう。そう思ったが、その後に彼女をキャンパス内で見かけたことはない。

ロースクールのローは、法律の〝Law〟を意味する。

〝Law〟と牢獄。稚拙な言葉遊びだと思ったが、国会でも過去に似たような言説が取り上げられていることを知って驚いた。

『法科大学院に通うというのは刑務所に行くようなもので、懲役二年又は三年、罰金三百万だという話も受験生の間からは上がっている――』

法科大学院の入学ルートは、法学既習者を対象にした二年コースと、未修者を対象にした三年コースに分かれている。『懲役二年又は三年』は修了までに要する期間を、『罰金三百万』は学費の総額をそれぞれ指しているのだろう。

法科大学院が創設されるまで、司法試験に受験資格は課されていなかった。新たに定められたルートに従わなければ、司法試験に挑戦する資格すら得られない。

修了までに掛かる年数と金銭的な負担。それらを懲役刑や罰金刑に喩《たと》えた。言わんとすることはわかる。けれど共感はできなかった。

現状の法科大学院制度に、さまざまな問題があることは事実だろう。ただ、既存のルールの枠内で解決の道筋を探るのが法律家の使命ではないのか。対案を示さずに、不平不満ばかりを口にしたところで、建設的な議論を展開できるとは思えない。

……なんて偉そうに批判する資格がないことも、きちんと理解している。

法律家として骨を埋《うず》める――。その決意を固めきれていない僕にとって、法科大学院はロスタイムを与えてくれる場所だった。引き返そうと思えばいつでも引き返せる。そう自分に言い聞かせて願書を提出した。

中途半端な覚悟だ。いや、覚悟というのもおこがましい。牢獄と揶揄されるくらい閉鎖的な空間で法律と向き合えば、進むべき道が見えるかもしれない。

そんなことを考えながら、受け取ったビラを折り畳んでバッグに入れた。

入学あるいは入獄後。僕を待ち構えていたのは――。

望み通りの法律漬けの日々と、望まぬ多種多様な事件だった。

密室法典

1

「ハンムラビは、『おじさんは偉大である』という意味なんだよ」

前の席の学生が首を傾げた。僕は、真顔で〝おじさん？〟とメモを取った。

刑事模擬裁判の講義で、教授がハンムラビ法典の知識を披露している。そんな大学は、霞山大ロースクールくらいだろう。

意気揚々と楔形文字《くさびがた》について語る現職裁判官の客員教授は……、僕の父親である。

「おじさんは治癒者である説と、おじさんは偉大である説が対立しているんだ。ここでの〝おじさん〟は、親族関係における神様を意味している。いずれにしても、ハンムラビ王がおじさんの名を冠した王様なのは間違いない」

おじさんと連呼した古城英治《こじょうえいじ》は、学生の反応をうかがって満足気に微笑んだ。

講義が始まって十分。いまだ父の雑談が終了する気配はない。講義の後半は模擬法廷に移動する予定だが、この調子で間に合うのだろうか。

「ハンムラビ法典と聞いて最初に思い浮かぶのは、『目には目を、歯には歯を』で知られる同害報復の原則ではないかな。けれど、この原則を端的に規定した条文は存在しないんだ。レジユメに記載した四つの条文を見比べてごらん」
わざわざ条文を抜粋している辺り、雑談ではなく本題に突入している可能性が高い。試験でハンムラビ法典について問われたら、不平不満が噴出しかねない。

百九十六条
もしアウィールムがアウィールム仲間の目を損なったなら、彼らは彼（いずれもアウィールム）の目を損なわなければならない。

百九十八条
もし彼（アウィールム）がムシュケーヌムの目を損なった（中略）なら、彼（アウィールム）は銀一マナを支払わなければならない。

二百条
もしアウィールムが彼（アウィールム）と対等のアウィールムの歯を折ったなら、彼らは彼（いずれもアウィールム）の歯を折らなければならない。

二百一条
もし彼（アウィールム）がムシュケーヌムの歯を折ったなら、彼（アウィールム）は銀三分の一マナを支払わなければならない。

「百九十六条が『目には目を』に、二百条が『歯には歯を』に、それぞれ対応している。一方で、百九十八条は目の損傷に対して銀一マナ、二百一条は歯の損傷に対して銀三分の一マナの支払を定めている。目や歯を傷つけられても、一定の場合には同害報復を認めるのではなく、金銭で解決を図っていたということだね」

学生の反応をうかがってから、父は続けた。

「異なるのは、目や歯の損傷の程度ではなく、罪人の階級だ。アウィールムとムシュケーヌムは、身分を指しているというのが有力な解釈で、被害者の身分が加害者よりも劣る場合は、金銭の支払で解決を図るのが当時のルールだった」

目を奪われたのが奴隷であった場合は、奴隷の半値を銀で支払う旨のルールも定められていたらしい。その場合、銀を受け取るのは奴隷ではなく所有者だった。

中学校の歴史の授業でメソポタミア文明を学んだ際に、ハンムラビ法典の存在を知った。しかし、法学部生の頃も含めて、具体的な条文に目を通したことはなかった。

「権利侵害に対するルールが定められていなかったら、復讐《ふくしゅう》によって回復を図るしかない。家族を殺害されたら、遺族が犯人の命を奪い返す。その遺族は、再び犯人の命を奪い返す。殺して、殺される。殺して、殺される……。どちらかの家系が全滅するか、莫大《ばくだい》な解決金を積んで和解を提案しない限り、復讐の連鎖は続いてしまう。同害報復は、その連鎖を断ち切るための仕組みだったんだ」

やられたら、やり返してもいい。ただし、それ以降の復讐は認めない。つまり、仕掛けた側は、やり返してはいけない。

同害報復によって、復讐に歯止めをかけていたのか。

「加害者よりも身分が劣る被害者は、復讐の権利も認められず、銀の支払で気を静めるしかなかった。同害報復が刑事裁判の前身で、銀の支払が民事裁判の前身と見ることもできる。いや、前前前身くらいかな」

講義開始二十分にしてようやく、父は現代の刑事裁判に言及するに至った。

レジュメによると、ハンムラビ法典は三千八百年近く前に、ハンムラビ王——偉大なおじさん王——が発布したものらしい。そこから歴史を辿《たど》っていくつもりなら、現代に到達する前に期末試験を迎えてしまいかねない。

父の書斎には法典碑のレプリカが置かれており、法制史オタクであることは知っていた。そのうんちくをロースクールで披露されるとは、想像もしていなかったけれど。

僕の進学が決まった後に、地方裁判所で働く刑事裁判官の父に兼務辞令が出た。客員教授として教壇に立てという辞令である。

法律家としての素養を培うために、ロースクールでは多くの実務家が、それぞれ専門の講義を担当している。刑事裁判官は弁護士や検察官よりも数が限られているので、自分が選ばれるかもしれないと父は予測していたようだ。

そのような実情を受験前に知っていれば、講義での気まずい父子の対面を避けるために、別のロースクールに願書を提出していたかもしれない。

まあ、いいじゃないか。家族会議は、父の一言で終了してしまった。

「ハンムラビ法典は〝法典〟かという問いにも言及しておこう。ここに座っている学生なら知っていると思うけれど、法が法たりうるためには、満たさなければならない条件がある。ハンムラビ法典は、残念ながらその多くに反しているんだ。ルールが網羅的に定められていない、法的効果が曖昧《あいまい》な条文が目立つ……、といった具合にね。現在では、〝法典〟とは名ばかりで、当時の裁判例をまとめた判決集や、学術書と理解されている。それでも、現代に生きる我々にとって、重要な遺物であることは揺るがない。なぜなら――」

熱っぽく語る父の背後で、点灯していた『開廷中』のランプが、小さな電子音と共に『閉廷中』に切り替わった。この講義室は模擬法廷に隣接していて、利用状況を確認できるようになっている。職員が模擬裁判の準備作業をしていたのだろうか。

集中力が途切れてしまい、聞きなれた父の声が耳を素通りしていく。

隣の席の学生も、目を閉じてうつらうつらしている。気が抜けないロースクール生活において、一方的に喋《しゃべ》り続けて学生に発言を求めない父の講義は、安息タイムと揶揄されているらしい。余計な発言をしないかハラハラしている僕からすれば、羨《うらや》ましい限りだ。

古城家が法曹一家であることは、おそらく同級生の多くが知っている。

裁判官（兼客員教授）の父、弁護士（官庁出向中）の母、検察官（霞山大学ＯＢ）の兄。僕以外の家族全員が、法律の専門職に就いている。

もちろん、僕はまだ法曹一家の一員になれていない。司法修習生を法曹の卵とするなら、ロースクール生は卵の卵の卵くらいだろう。時間を掛けて温めても、雛《ひな》が生まれる保証はない。この講義室にいる一部の学生しか、法律家になることはできないのだ。

ロースクールを修了すれば、司法試験の受験資格が得られる。〝法曹養成に特化した実践的教育〟を理念に掲げている以上、司法試験の合格率で外部評価が決まることは避けられない。留年者が多発する厳しいカリキュラムも、実績を上げるための措置だろう。

三回以上の欠席（忌引き・病欠を除く）で、単位取得が絶望的になる。司法試験と遜色《そんしょく》ない難度の期末試験があり、真面目に講義を受けても進級できない学生がいる。

『出席確認なし・卒論なし』が基本の法学部とでは、学生の間に流れる緊張感に天と地ほどの差がある。学部生の頃から最多単位数取得を努力目標としていた僕としては、ロースクールの実情を知っても、それほど面食らうことはなかった。

司法試験が近づくほど、精神的に追い詰められる学生は増えていくのだろう。

物騒な事件が起きても不思議ではない――。そんな空気は、確かに感じ取っていた。

「じゃあ、そろそろ模擬法廷に移動しようか」

〝おじさん？〟としかメモを取っていないルーズリーフを鞄《かばん》にしまって、僕は最初に講義室を出た。講義室と模擬法廷は隣接しているが、ドアで直接繋《つな》がっているわけではない。

通路を歩いて模擬法廷の扉の前に立つと、覗《のぞ》き窓の傍に紙が張られていた。

注意書きのような文章。何だろうと思って目を通す。

『罪人と共に法廷は閉ざされた。証拠の重要性は、多言を要しないだろう。証言の信用性を担保するために、映像を記録することを勧める』

続いてやってきた学生も、張り紙の存在に気付いたようだ。

「なにこれ？　罪人？」

「悪戯《いたずら》でしょ」

僕は、覗き窓から室内の様子を確認した。傍聴席が並んでおり、木の柵《さく》の奥には証言台や法壇が設置されている。

証言台の手前に、それは横たわっていた。

恐竜の着ぐるみである。

「どうした？」

鍵《かぎ》を手に持った父が近づいてきた。

扉の上部に視線を向けると、ランプの表示は『閉廷中』となっていた。二十分ほど前に、講義室のランプが切り替わったのを思い出した。

——罪人と共に法廷は閉ざされた。

もう一度張り紙を確認してから、僕は携帯のカメラを起動した。

*

「ちょっと待ってください」

戸賀夏倫《とがかりん》が、右手を挙げた。亀とうさぎの刺繡《ししゆう》が施されたスカジャンの袖《そで》が揺れる。相変わらずのファッションセンスである。

「なに？」

「本題に入る前に確認したいんですけど、古城さん……、友達います？」

「この話と関連性がない」

回答を拒否しようとしたが、「あっ、私もそれ気になった」と、スーツ姿の矢野《やの》綾芽《あやめ》まで援護射撃をしてきた。

「やっぱり、そうだよね」戸賀が大きく頷《うなず》く。

二人とも霞山大学の四年生で、戸賀は経済学部、綾芽は法学部に通っている。

ロースクール生、経済学部生、法学部生が集まっているこの部屋は、無料法律相談所――通称、無法律――のゼミ室だ。法学部の自主ゼミなので、綾芽以外が居座っているのは本来おかしいのだが、紆余《うよ》曲折を経て三人で活動することが認められた。

僕はOBではなく、代表の立場にある。

何をする団体かといえば、その名称のとおり、無料で学生の法律相談に応じている。しかし最近は、おまけ程度にしか法律が関わっていない事件ばかり持ち込まれる。

その元凶である戸賀に普段は苦言を呈しているが、今回はそうも言っていられない。

僕が通うロースクールで、不可解な事件が起きてしまったからだ。

「友達付き合いを心配されるようなこと言った?」

「他の学生の名前が、まったく出てこないじゃないですか」

紙パックのミルクティーを飲みながら、戸賀が言った。

「プライバシーへの配慮だよ」

「じゃあ、前の席と、隣の席の学生のイニシャルは?」

「自由席だから覚えてない」

実際は指定席だが、おそらく今回の事件とは無関係だろう。

「教室を移動するときって、友達とお喋りしながらだらだら動くものなんです。古城さん、最初に講義室を出て、模擬法廷の張り紙に気付いたって言いませんでした？」

「そう言った」

「申し上げにくいのですが、ぼっちの行動パターンかと」

「余計なお世話だ」

「そこは、ぼっちじゃないと言い返してほしかったです」

ひとりぼっちの略語。戸賀も綾芽も、それなりに友達が多いことは知っている。

「まだ進学して二カ月だし」

「もう二カ月なんだよなあ」

綾芽は肩をすくめてから、「法学部の頃の反省を何も活《い》かしてないじゃないですか。もしかして、今回も犯人扱いされてるとか？」と続けた。

「されてないし、されたこともない」

「疑ってもらえるうちが花なのに」

意味がわからない。缶コーヒーを口に運んで間を置いた。

「というか、そんなことで話を遮ったのか」

「代表の人となりは、団体の評判に関わりますから」

戸賀は、僕の顔を指さした。

「とにかく……、窓から中を覗いたら、恐竜の着ぐるみが証言台の手前に倒れていたんだよ。

模擬法廷の扉には鍵が掛かっていた」

「他に出入り口はないんですか？」綾芽に訊《き》かれた。

「ない」

秘密の抜け道が発見されない限りは。

「つまり――」

綾芽は人差し指を立てる。「密室だったんですね」

「まずは最後まで聞いてくれ」

「模擬法廷の密室なんて、ロマンがあります」

綾芽は、一度無法律を去ってから、四カ月ほど前にとある事件がきっかけで戻ってきた。

その際に生じた変化は、毒舌キャラが一人増えただけではなく、法律の専門書ばかり並んでいた本棚に文芸書――、特にミステリ小説が加わったことだった。

「ミステリマニア的にはそそられるの？」

「マニアじゃなくても、孤島と密室と仮面と双子はそそられますよ」

「仮面と双子？」

「説明するのも野暮なので、必読リストを作って今度渡します」

事件や犯罪を描いた娯楽小説。刑法の事案分析能力の向上に繋がることを期待しよう。

「話を続けてもいい？」

「どうぞ。友達大作戦の件は、またの機会に」

「ここで打ち切ってもいいんだけど」

「失言でした。ぜひ、最後まで」

綾芽は、慌てたように身を乗り出した。なぜか今回の事件に興味を示している。紙パックをゴミ箱に捨てた戸賀がソファに戻ってくるのを待って、僕は再び口を開いた。

綾芽が指摘したとおり、模擬法廷は密室だったのである。

2

裁判官という職業柄か、石橋を叩《たた》いて渡る性格ゆえか。異変を察知した父は、手に持った鍵で模擬法廷の扉を開く前に、状況の把握を適切に行った。

張り紙、ドアノブ、『閉廷中』のランプ、覗き窓。関係がありそうな箇所を一つずつ確認した後、学生を見回して訊いた。

「最初に気付いたのは？」

「……僕だよ」

さすがに、嘘をつくわけにはいかなかった。

「どこか触った？」

「いや、最初からこの状況だった」

「わかった。張り紙の指示に従うかどうかは、君たちに任せる」

最後の『映像を記録することを勧める』という箇所のことだろう。多くの学生が、携帯を手に持ってカメラを起動している。

覗き窓から見える光景も、緊急速報のように広まっていった。

あの恐竜の着ぐるみは何なのか？

施錠されていることを確認した父がドアノブに鍵を差し入れて回すと、『閉廷中』のランプが『開廷中』に変わった。

「迂闊《うかつ》に指紋を付けないように」

ハンカチをドアノブに被《かぶ》せて扉を開き、ストッパーで固定してから、父は中に入っていった。僕も、その後に続いた。

四十席ほど並んだ傍聴席の奥に、法壇、証言台、書記官席、検察官席、弁護人席などが設置されている。いわゆる〝法廷〟に入るためには、木の柵を通る必要があるが、その手前で父は立ち止まった。

「君たちは、ここで待ってて」

有無を言わせない口調だった。現場を荒らされないためだろうか。

施錠された模擬法廷、横たわっている恐竜の着ぐるみ。この状況を作り出した人物が、どこかに潜んでいる可能性は充分あった。一方、通路で待っている学生は少数で、大勢が傍聴席で列をなしている。

強い危機感を抱かなかったのは、状況の異質さが勝っていたからかもしれない。

「あの中に誰か入ってるのかな」

「なんで恐竜？」

大勢の注目は、やはり証言台の前に集中していた。

恐竜の着ぐるみは、着用者の身体のラインが出るような、コスチューム要素の強いものではなかった。オレンジ色のビニール製の恐竜が、仰向けに倒れている……。

その中に人間が入っているのかも、この時点では確実ではなかった。

手足が短いのに頭部は大きく、ぽっかりあいた口元からギザギザの歯が覗いている。歪《いびつ》なバランスのせいか、ひっくり返って起き上がれずにいるように見えた。空気を入れて膨らませているらしく、妙な立体感がある。

見覚えがある着ぐるみのような気もするが、はっきりと思い出せない。

一人で柵の内側に入った父は、周囲を見回してから着ぐるみの傍で膝《ひざ》をついた。首の辺りにメッシュ加工が施された顔窓があり、中を覗き込んだ父が素早くファスナーを下げた。

ファンの稼働音とざわめき。僕は、携帯を構えたまま父の動きを注視した。

着ぐるみの中から現れたのは、能面を顔につけた小柄な人物だった。

能面を持ち上げた父は、「村瀬《むらせ》さん」と呟《つぶや》いた。

僕たちが立っている場所からも、整った顔立ちを確認できた。着ぐるみに包まれていたのは村瀬伊織《いおり》だった。刑事模擬裁判の講義を唯一欠席していた同級生である。

「救急車を呼んで。それから警察も」

村瀬の方を向いたまま、父は僕たちに指示を出した。

「――死んでるんですか?」

震える声で尋ねた学生がいた。直球だが、避けられない質問だった。

「大丈夫。気を失っているだけだよ」

数メートルの距離があるが、大きな出血などは見当たらなかった。凶器らしき物も周囲に落ちていない。恐竜の着ぐるみだけが、異質な存在感を放っている。

通報は他の学生に任せて、模擬法廷の状況をざっと確認した。

窓は全て嵌《は》め殺しなので、出入り口は僕たちが入ってきた傍聴席側の扉しかない。法壇の背後にも扉が設置されているが、その先は控室のような狭い空間があるだけで、他の部屋や通路には繋がっていない。帰宅後に父から聞いた話によると、その扉にも鍵が掛かっていたし、中には誰もいなかったらしい。本来の法廷なら、弁護士や検察官が入廷するための扉もあるはずだが、模擬法廷ということもあって一部の設備が省略されている。

そして、僕たちが通った扉にも鍵が掛かっていた。身を潜められそうな場所は少なく、父が一つずつ確認して写真を撮っていた。二十名ほどが監視していたので、隙を見て学生の列に合流したとも思えない。

閉ざされた空間。中にいたのは被害者だけ——。

ミステリ小説をほとんど読まない僕でも、〝密室〟という単語が思い浮かんだ。

木の柵を通って戻ってきた父と目が合った。法服を着て法壇に座っているときのように、険しい目つきをしていた。

「外に運び出さなくていいの?」

「頭を打ってるかもしれないから、動かさない方がいい」

やがて他の教員も駆けつけてきて、慌ただしく時間がすぎていった。模擬法廷の中に入った学生は警察の事情聴取を受けることになり、解放されたのは日が暮れた後だった。

それから二週間が経った。村瀬伊織は軽傷だったらしく、一週間ほどで退院したと聞いている。講義は欠席が続いており、さまざまな噂が飛び交っているようだ。

単純な事件でないことは、発見状況からして明らかである。

密室の謎も、いまだ解かれていない。

*

説明を終えた後、僕は携帯で撮影した動画を二人に見せた。着ぐるみの中から能面を顔につけた人物が現れたところで、動画は終了している。

「どうして、すぐに返信してくれなかったんですか」

戸賀が不平を唱えると、「ゼミ室にも全然来ないし」と綾芽も続いた。

二人から届くメッセージをしばらく無視していたのだが、サイバーテロのように増えていく未読通知数に恐怖を感じて、久しぶりに無法律の扉を開いた。

「こうやって質問攻めに遭うのが、わかっていたからだよ」

「私たちの執念を見くびらないでください」

なぜか誇らしげに戸賀は言った。

今回の騒動が、霞山大全体――、それどころか、社会的な注目を集めていることは、僕も知っていた。事件発生後にも、火に油を注ぐ出来事が相次いで起きた。

「ネットで情報は集められるだろ」

「容疑者の生の声に勝るものはありません」

どうしても、僕を容疑者に仕立て上げたいらしい。

「綾芽の就活がかかってるとか書いてあったけど、あれはどういう意味?」

「それが最後の一押しになったんですか?」戸賀に訊かれた。

「別に、そういうわけじゃない」

「素直じゃないなあ。綾芽ちゃんのスーツが、全てを物語っています」

綾芽のリクルートスーツらしき服装を見ると、「似合ってないのはわかってます。じろじろ見ないでください」と睨《にら》まれた。

「就活の手応《てごた》えは?」

「白々しい」

「じゃあ、簡潔に説明してくれ」

法学部生の進路は、法曹、公務員、民間就職、中退に大別できると言われている。綾芽が民間就職を希望していることは、無法律に戻ってきた際に聞いていた。

「第一志望の出版社で、課題を出されたんです」

「あの事件の謎を解いてこいって?」

「違います。ツイッターのフォロワー数対決です」

「意味がわからない」

「簡潔に説明しろと言われたので」

「撤回する」

綾芽の話をまとめると、とある出版社が三次選考で、一風変わったミッションを就活生に課したらしい。

『就活用のツイッターアカウントを新規に作り、ツイートの内容や一カ月後のフォロワー数で通過者を決める』と——。

僕だったら、その場で辞退を申し入れたかもしれない。

投稿内容などに制約は設けないが、結果だけではなく過程も重視するという補足がメールでなされた。ハッシュタグも指定されたので、就活生はライバルの奮闘状況を随時確認することができた。

日替わりリクルートスーツコーデを投稿する者（他社の選考も進んでいることがバレるのではないか）、就活暴露話や体験記を面白おかしく綴《つづ》る者（コンプライアンス意識の低さを指摘されそうだ）、人気漫画の二次創作物を投稿する者（著作権侵害の認識はあるのか）、人事担当者へのメッセージを書き続ける者（フォロワー数は一桁《けた》だった）……。

いろいろなアイディアがあるものだと感心してしまった。

「就活って、そんなこともさせられるんだね」

ロースクールに進学した僕は、就活というものを経験していない。

「こんなの初めてですよ」綾芽は唇を尖《とが》らせる。「一週間経ってもフォロワー数が二桁止まりだったので、夏倫に助けを求めました」

出会って一カ月足らずで、二人は下の名前で呼び合う仲になっていた。僕より戸賀の方が、綾芽の就活事情を把握しているはずだ。

「ちなみに、それまではどんな投稿をしてたの？」

「その出版社が出しているミステリの、ネタバレなしレビューです」

「結果は芳しくなかったと」

「私の文章力の問題です」

反応に困ったので戸賀の方を見た。

「私もＳＮＳには詳しくないので、餅《もち》は餅屋だと思って、暮葉《くれは》に相談しました」

「ああ、なるほど」

暮葉こと小暮葉菜《こぐれはな》は、戸賀の友人の経済学部四年生だ。〝エコノミスト〟というグループ名でユーチューバーとして活動しており、チャンネル登録者数は二十万人を超えている。わけあって、僕も暮葉とは定期的に連絡を取り合っていた。

「ツイッターで拡散しようかと言ってくれたんですけど、絶賛活動休止中だと知っていたので、アドバイスだけもらいました」

エコノミストは数カ月の間に二度大きく炎上し、チャンネル登録者数の激増という副産物も得たが、けじめをつけるために無期限の活動休止を宣言している。

「……炎上商法じゃないよね」

「笑えない冗談はやめてください。ＳＮＳでバズるためには、皆が興味を持っている話題で目立つ必要がある。その話題選びで、勝負は七割方決まるらしいです」

ＳＮＳの投稿が爆発的に拡散されて、多くの人の注目を集めることを、〝バズる〟と呼ぶ。Ｂｕｚｚ《バズ》というハチが飛び回る音が由来のマーケティング用語らしい。

狙い通りバズらせることに成功すれば、多くのユーザーにアカウントの存在が認識されて、フォロワー数の増加が期待できる。

「それが簡単にできるなら、苦労しないだろうけど」

「私と綾芽ちゃんは、血眼になってバズりそうな火種を探しました。学生に親和性があって、鮮度が落ちていない話題……。ここまで話せば、もうわかるでしょう」

確かに、一つだけ心当たりがあった。

「密室法廷事件か」

「いかにも。お祭り騒ぎですからね」

村瀬伊織が恐竜の着ぐるみの中から発見された翌日。

登校して講義室に向かうと、携帯を片手に大声で喋っている学生がいた。どうやら事件は意外な展開を辿っているらしい……。彼らの雑談に耳を傾けながら、何が起きているのかを自分の目で確認した。

『密室法廷の真実』

問題のツイッターアカウントは、すぐに見つかった。プロフィール欄には、『霞山大ロースクールで発生した密室法廷事件。私は、その犯人である』と記載されていた。

そして、最初のツイートには、約二分間の動画が添付されていた。

模擬法廷の扉に張りだされた紙のアップから始まり、『閉廷中』のランプ、ドアノブに鍵を差し入れる父の手元、『開廷中』に切り替わったランプ、開け放たれたドア、傍聴席から木の柵までの設置物、証言台の前に倒れている恐竜の着ぐるみなどが、順番に映し出された。

その動画も、着ぐるみの中から能面をつけた被害者が現れたところで終了していた。僕が撮影したものと、情報量はほとんど変わらないはずだ。

『罪人が発見されたとき、法廷は確かに閉ざされていた。その封印を施したのも、もちろん私である。しっかりと目を凝らせば、真相が見えてくるはずだ。密室の謎を解かない限り、事件は終わらない。続報を待て』

最初のツイートは、僕たちが模擬法廷に踏み込んだ日の夕方に投稿され、翌朝までに少しずつ拡散されていった。

『フォロワー数が百人に達したので、ヒントを提示しよう。目には目を――、である。次のヒントはフォロワー数が千人に達したら提示する』

目には目を。前日の父の講義を思い出した。

僕がアカウントの存在に気付いたのは、この時点だった。フォロワー数は八百人ほどで、動画の再生回数は三千回を超えていた。

それから二週間。最後に確認した際のフォロワー数は三万人だった。まとめサイトなどで取り上げられて一気に拡散したようだ。

「この謎を就活アカウントで解くってこと？」

綾芽は頷いて、「アカウント名も就活探偵に変えました」と真顔で答えた。

同じ大学の学生なので、それなりに注目されたのではないか。

「反響は？」

「フォロワーが六百人ほどです」

「おお」思っていたより多くて驚いた。「まだ足りないの?」

「倍率を考えると、二千人は超えたいところです」

三倍以上に増やす必要があるのか。なかなか険しい道のりのようだ。

設定された期限は一カ月。迷走期間が一週間。就活探偵に軌道修正してから二週間が経っているので、残された時間は一週間しかない。未読通知数がカンストするくらいメッセージが送られてきた理由が、ようやくわかった。

「方針転換してからの投稿は?」

「まずは、自作自演説を否定しました」

「どうやって?」

被害者の村瀬伊織自身が、模擬法廷の内側から鍵を掛けて着ぐるみの中に入った。それが自作自演説の概要だろう。その可能性を指摘しているツイートも、幾つか見掛けた。

「被害者の両手、着ぐるみの外側からワイヤーで縛られていたんですよね」

「ああ、うん」

木の柵の外側からだとよく見えなかったのだが、父に確認したところ、確かに村瀬伊織の両手は着ぐるみ越しにワイヤーで縛られていたらしい。その情報は、フォロワー数が三千人に達したときに開示されたはずだ。

「試してみたんですけど、片手はできても両手は絶対に無理でした」

「……試した?」

「同じ着ぐるみを注文して、一人で縛れるかここで実験しました。夏倫に撮影してもらって投稿したら、結構反響があって」

「そこまでしたのか」

「こちとら必死なんです」

本棚と壁の隙間に、萎《しぼ》んだ恐竜の着ぐるみが放置されているのに気付いた。オレンジ色のビニール製で、頭部が大きく手足が短い。同じ型のもので間違いなさそうだ。

「よく見つけられたね」

「有名な着ぐるみですもん」戸賀が答えた。「ティラノサウルスですよ。あれを着てラジオ体操をしたり、百メートルを全力疾走したりする動画が、たくさん投稿されています」

「ああ。見たことあるかも」

何十頭ものティラノサウルスがうごめくシュールな光景が思い浮かんだ。

「綾芽ちゃんは、ベストを尽くしました。次のステップに進むには、古城さんの協力が不可欠なんです」

「僕が知っていることは、ちゃんと話すよ」

「物分かりがよろしい」

両手を合わせて微笑んだ戸賀に、「どこから話せばいい?」と訊いた。

「六千円の出費によって、自作自演説の可能性はゼロに近づけることができました。犯人が別にいるとすると、どうやって模擬法廷から脱出したのか……。つまり、密室の謎を解かざるを得ません」

「他の方法でも、犯人は特定できるんじゃないか」

警察は、ツイッターに投稿された動画の解析や、発信者情報開示請求によって犯人を突き止めようとしている可能性が高い。

だが、戸賀は顔の前で人差し指を左右に振った。

「今回の目的は、犯人捜しではありません」

「は？」

「密室の謎を解いて――、バズらせることです」

3

事件現場を見たいと戸賀が言い出したため、僕たちはロースクールのキャンパスに徒歩で移動している。法学部棟からは一キロほど離れているので、講義がある日はゼミ室ではなく自習室で勉強をすることが最近は増えてきた。

ロースクールまでの道中、〝就活探偵〟綾芽の質問に答え続けた。

「模擬法廷の鍵は、どこで保管していたんですか」

「一本は教務課、もう一本は模擬法廷の隣の講義室。教務課の方は記録簿で管理されていたけど、講義室で保管している鍵は誰でも持ち出せる状況だった」

「講義室への出入りは？」

「講義中以外は、基本的に開放されている。勉強会を開いている学生もいた」

「そのときも、模擬法廷の鍵は放置されていたんですか」

「うん」

「無用心だなあ」

「模擬法廷だからだと思う。盗まれて困るようなものもないだろうし」

「それでも、施錠する習慣はあったんですよね」

他の講義室のように開放していなかった理由は、僕も気になって考えてみた。

「ランプを『閉廷中』にする必要があったからじゃないかな」

「動画に写っていたランプですか?」

「そう。模擬法廷の扉と、講義室にも表示灯が設置されていた。模擬法廷の扉が解錠されているときは『開廷中』、施錠されているときは『閉廷中』と表示される設定なんだってさ。施錠状況と表示灯が連動しているってこと」

この点も、事件当日に父に確認した。解錠されているからといって、模擬裁判が開かれているとは限らないわけだが、この辺りも模擬法廷ゆえの簡略化かもしれない。

「古城さんたちが確認したとき、模擬法廷のランプは『閉廷中』だったんですよね」

「うん。ちなみに、講義室のランプが、『開廷中』から『閉廷中』に切り替わった瞬間も、僕は目撃している。電子音が聞こえたんだ」

「超重要情報じゃないですか」綾芽の声が大きくなった。

父がハンムラビ法典について熱弁したのは、あの日の一限の講義だった。

八時五十分から始まり、九時三十分に模擬法廷に移動した。講義室のランプが『開廷中』から『閉廷中』に切り替わったのは……、九時十分頃だったはずだ。

つまり、一限が始まって二十分後に、模擬法廷は閉ざされたのではないか。裏を返せば、それまでは何者かが模擬法廷の中にいたことになる。

「講義の後半は模擬法廷に移動するって聞いていたから、職員が模擬裁判の準備をしているんだと僕は思った」

「それだと、恐竜の着ぐるみを職員が見つけて、大騒ぎになっていたはずですよね」

「防音がしっかりしている部屋ではないけど、騒ぎ声は聞こえてこなかった。あのとき犯人が扉を施錠したと考えるのが、素直じゃないかな」

被害者を着ぐるみの中に閉じ込めて、模擬法廷の扉を施錠した。

「どうやって？」

「さあ」

少し先を歩く戸賀は、足元の小石を蹴飛《けと》ばしている。おそらく、僕たちの会話は聞こえているはずだ。

「鍵はどこにあったんですか」綾芽の質問が続いた。

「講義室で保管している分は、講義が始まる前に教授がポケットに入れていた」

担当教授が僕の父であった事実は、二人に伝えていない。身内だと知られたら、直接話が聞きたいと言われる気がしたからだ。

「教務課の方は？」

「キーボックスの中。職員が座っているカウンターの奥の壁際に置かれていたから、誰にも気付かれずに持ち出すのは難しいらしい」

「職員なら持ち出せそうですね」

「いつも三人くらい部屋にいるし、見咎《みとが》められずに戻すのは難しかったんじゃないかな」

警察も、事件当日の職員の動きは念入りに確認しただろう。

「それにしても、細かいところまでよく把握していますね」

「友達がたくさんいるからね」

「怪しいなあ」

ごまかすために、僕の考えを口にした。

「正式にロースクールで管理してる鍵は二本だけど、犯人は事前に合鍵を作っていたのかもしれない。講義室の方は、簡単に持ち出せただろうし」

複製が困難な錠前を使っていない限り、合鍵の可能性は否定できない。

そこで、戸賀はくるりと振り返った。

「合鍵で作った密室なんて、拍子抜けもいいところじゃないですか」

「現実で起きる事件で、密室とかアリバイ工作が問題になることはほとんどない」

未解決事件の中に紛れ込んでいる可能性は否定できないけれど。

「ありきたりな謎を解いても、絶対にバズりません」

「探偵側の事情を犯人に押し付けるな」

しかし戸賀は、「犯人も目立ちたがり屋なんですよ」と続けた。

「密室法廷の真実――。あんな思わせぶりなアカウントを作っておきながら、合鍵が答えでしたってネタばらしをしたら、どうなると思います？」

「それは……、炎上するかも」

自ら〝密室〟とアピールしていることを忘れていた。

「でしょう？　何かしらのトリックを使って密室を作った。その前提で、話を進めましょう。鍵の保管状況とかも、とりあえず無視してＯＫです」

「そう言い切れる理由は？」

「合鍵と同じく、地味だから」

戸賀らしい考え方だ。論理的とは言い難いけれど、一応の筋は通っている。

犯人は、事件当日の夕方に、犯行報告を兼ねたツイートを投稿した。自らが密室法廷事件の犯人だと宣言し、その後も情報発信を続けている。危ない橋を渡っていることは間違いない。アクセスログから投稿者が特定される可能性があるだけではなく、一歩間違えれば致命傷になりかねないツイートも見受けられた。

特に模擬法廷に踏み込んだ際の動画は、画角によって傍聴席のどの辺りから撮影したのかも絞り込めるし、Ｅｘｉｆ情報からカメラの機種まで特定できるかもしれないらしい。

「犯人のツイートを見て、何かわかった？」

「あれだけヒントをくれれば、プロファイリングだってできるんじゃないですか」

犯人が目立ちたがり屋という戸賀の分析は、おそらく正しい。

フォロワーが一定の人数に達したタイミングで、ヒントが提示された。

百人で『目には目を』。

千人で『模擬法廷の出入り口は、傍聴席側の扉しか存在しない』。

二千人で『傍聴席側の扉には、紐《ひも》が通るくらいの隙間がある（扉全体、ドアノブ、鍵穴、サムターンの写真を添付）』。

三千人で『着ぐるみの前足は、ワイヤーで縛られていた』。

四千人で『模擬法廷を閉ざすために特別な知識は必要ない（法壇から撮影した模擬法廷全体の写真を添付）』。

そして五千人で『これまでのツイートで、密室の謎は解ける』と宣言された。

以降は、動機に関係すると思われるツイートが続いた。

『同害報復は、復讐を断ち切るための論理である。最初に目を損なった者は、相手の目を損なうことが認められた。ただし、加害者よりも身分が劣る被害者は、復讐の権利も認められず、銀の支払で気を静めるしかなかった』

『奪われたものを取り戻すために、私は密室を作り出した。これは、被害者に対する復讐劇ではない。加害者よりも身分が劣っているから、同害報復の権利を放棄したのか？　それは違う。私の復讐はここから始まる』

『現代における身分とは何か。私は一つの答えに辿り着いている』

『切るか埋めるか。私には二つの選択肢が提示された』

『このまま見て見ぬふりを続ければいい。審判を下すのは、私でもお前でもない』

『時は満ちた。これが最終通告だ』

フォロワー数の予告がなくなり、不定期に投稿されてきたツイートも、一週間ほど前から更新が途絶えている。

「犯人の同害報復に対するこだわりは何なんですかね」

綾芽が口を開いた。

「事件が発覚する直前の講義で、教授がハンムラビ法典について熱弁していた。それと同じような内容がツイートされている」

「でも……、講義中にランプが切り替わったんですよね」

模擬法廷で犯行に及びながら、父の法典雑学に耳を傾けることはできなかったはずだ。

「講義を欠席したのは被害者だけだった」

「あとからレジュメを手に入れて、受講者の犯行に見せかけようとしたのかな」

犯行時刻と講義の時間が重なっているため、意味がある偽装工作とは思えない。刑事模擬裁判との関係性を仄《ほの》めかすことで、犯人に有利に働くと考えたのだろうか。

「あるいは、講義室にいながら模擬法廷の扉を施錠したか」

思い付くまま話すと、戸賀が「いいですね。そういうアイディアを出していきましょう」と明るい口調で言った。

「トリックは思い浮かんでいないけど」

「だから、一緒に現場を見て答えを探すんですよ。密室のトリックも動機も、令和の時代にふさわしいものを期待しています」

日光に照らされて、戸賀のスカジャンが煌《きら》めいて見えた。

4

法科大学院――日本版ロースクール――は、司法制度改革の一環として、約二十年前に一斉に設立された。

その歴史は他の大学院に比べれば浅く、建物の外観や設備の日新しさ（新築とは呼べない年月が経過しているとはいえ）に、入学当初は少し驚いた。

「カードキーで二十四時間出入りできるんですよね。さすがロースクール」

実情をある程度知っている綾芽は、僕が自動ドアを解錠すると、訳知り顔で言った。

「牢獄《ろうごく》のロースクールとか言われてるけど、結構快適だよ」

「住み着いちゃう人とかいないんですか」

月二万円の訳あり事故物件（四年ほど前に女子大生が首を吊《つ》った）に住んでいる戸賀は、独自の視点で疑問を口にした。

「自習室とかロッカーも個別に割り振られるから、寝袋を持ち込んで銭湯に通えば住めるかもしれない。そんな人は見たことないけど」

「古城さん……、自習室で夜を明かしたことがあるんですね」

「家に帰って寝ると、一限遅刻しそうだったから」

「相変わらず勉強熱心で安心しました」

憐《あわ》れむような戸賀の視線を無視して、階段で二階に上がった。

自習室や資料室、講義室といった普段使用する機会が多い設備は、二階に固まっている。フロアを移動する際も、カードキーで自動ドアを解錠しなければならない。

「セキュリティが厳重ですね」戸賀が言った。「私たちみたいに、カードキーを持っている人を尾行すれば、一緒に入れちゃいますが」

建物の入り口の自動ドアには、防犯カメラも設置されている。

「模擬法廷も二階にある。入り口と二階……。二か所の自動ドアを通らないといけないから、部外者が犯人の可能性は低いと思う」

今回のような方法で建物に入った部外者が、防犯カメラの映像に記録されていたら、真っ先に疑われていただろう。

「まあ、今回に限っては、密室の謎が解ければいいんですけど」

「あまり大きい声を出さないでくれ」

スカジャンとリクルートスーツの組み合わせの時点で、ただでさえ人目を引く。ロースクールでは、派手な服装の学生はめったに見かけない。

「あっ。お掃除ロボ」

唐突に、戸賀が通路の奥を指さした。

丸みを帯びたフォルムのロボット掃除機が、微《かす》かな稼働音と共に動いている。見慣れた光景だったので、指摘されるまで特に気にならなかった。

「決まった時間に掃除してる」

「働き者ですからねえ」

「欲しいの？」

戸賀は苦学生だが、部屋の鍵をスマホで解錠できるスマートロックに取り換えるなど、ガジェットに興味があることは知っていた。

「ドラム式洗濯機とお掃除ロボを買うのが、今のささやかな夢です。時短家電は人生を豊かにしてくれます。カードキーもそうですけど、学部棟とはハイテク度合が段違いですね」

「ロースクールが特別なんだと思う。学生が二十四時間出入りするから、セキュリティとか清掃を機械に頼ってるんじゃないかな」

「なるほど。しかも最新型じゃないですか。賢いんですよ、この子」

戸賀が前方に立ちはだかると、ロボット掃除機は進路を変更して進んだ。その後を戸賀がつけ回す。ネコに追いかけられているネズミみたいだ。

「他の学生が見てる。模擬法廷に行こう」

「はーい」

しばらくは模擬法廷への出入りが全面的に禁止されていたが、今週から使用が再開された。模擬裁判の準備がしたいと教務課に申し出たところ、すんなり鍵を借りることができた。

解錠すると、ランプが『閉廷中』から『開廷中』に切り替わった。

「おお、これが噂の」

「部外者を入れていいのかわからないけど、中で話そう」

「では、入廷します」

戸賀は証言台の方に向かっていき、綾芽は傍聴席側の扉の観察を始めた。密室の謎を解くのが目的なら、綾芽のように唯一の出入り口を最初に確認するのではないだろうか。

「この鍵を外側から九十度回すことができれば、密室ができあがるわけだよね」

密室の知識が豊富な綾芽に確認した。

「はい。この金具がサムターンです」綾芽は金属製のつまみを指さした。「ドアは木製で、外開き……。ツイートに書かれていたとおり、紐くらいしか隙間は通らなそうですね」

ドアスコープよりも数倍大きい覗き窓が設置されているが、アクリル板で仕切られているため空洞ではない。そこから何かを通すことはできないだろう。

「紐だけだと、サムターンを回せないの？」

「テープと紐があれば、普通のサムターンなら回せます」

「そうなんだ」

当たり前のことのように言われたため、反応に困った。

サムターンを回せるなら、外側から鍵の開け閉めを操作できるはずだ。

「縦向きが解錠で横向きが施錠なので、十二時方向のサムターンにテープで紐を固定して、斜め下方向に力を加えれば、解錠状態から施錠できます」

「紐は……、扉の下を通せばいいのか」

「はい。外側に立って紐を引っ張れば、密室ができあがります」

試したわけではないが、原理は理解できた。

「それだと、紐は回収できても、テープは室内に残るんじゃないか？」

「そこが腕の見せ所です。テープも一緒に巻き込む細工をするか、踏み込んだ後にこっそり回収するか」

「あのとき、確か二十人くらいの学生が中に入った。どさくさに紛れてテープを回収できるタイミングはあったかもしれない」

「数秒あれば、剝《は》がしてポケットに入れられるでしょうね」

父が学生の立ち入りを認めなかったら、回収の難度は一気に跳ね上がっただろう。そのような運任せの仕掛けを施したのかは疑問が残るけれど……。

「密室の謎が解けたってこと？」

しかし綾芽は、首を左右に振った。

「残念ながら、これは普通のサムターンではありません」

顔を近付けて眺めても、特別な構造をしているようには見えなかった。

「……どの辺が？」

「サムターンの側面にスイッチが付いていますよね」

「ああ、これか」指先で触ると突起物があった。

「それを押し込まないと、サムターンが回らないようになっているんです。空き巣対策で、解錠時だけスイッチを押す仕組みになっていると思っていたんですけど……」

解錠状態（縦向き）からサムターンを回そうとしたが、何かに引っ掛かったような感触があって動かなかった。

「施錠するときも、スイッチを押す必要があるのか」

「そうみたいですね。しかも、押してみればわかりますが、結構力が必要なので、テープだと固定できないと思います。ダブルクリップとかでスイッチを挟み込んで、そこに紐を固定して引っ張る。一手間を加える必要がありそうです」

「解錠後に回収するのが、テープからダブルクリップになっただけじゃないか？」

綾芽の分析に感心しながら僕は訊いた。

「この扉、外開きなんですよ。踏み込んだときの動画も見ましたが、ストッパーで閉じないように固定していましたよね。そうすると、模擬法廷の中に入った学生からも、通路で待機した学生からも、かなり見やすい場所にサムターンがあったことになります。透明のテープだったら見落としたとしても、ダブルクリップは誰かしら気付きそうなものです」

「なるほど……」

スイッチを挟み込むために何か道具を使ったなら、ダブルクリップではなかったとしても、確かに目に留まった可能性が高い。

「講義中にランプが切り替わった問題もありますしね」

戸賀が、証言台の椅子に座りながら指摘した。背もたれを抱え込むように座って、椅子の前脚を浮かせている。

「講義を受けていた学生の中に犯人がいる前提？」意図を確認した。

「そう思わせるために、同害報復についてツイートしたんでしょうし。講義室にいなかった学生って結構いるんですか？」

「必修だから、僕たちの学年は被害者以外の全員が受講していた」

「クラス分けとかないんですね」

「一学年に三十人しかいないんだ。他の学年の時間割までは把握していない」

「講義室にいた学生が除外されるかどうかで、容疑者候補の幅が大きく変わります。一限が始まる前に被害者を呼び出して、気絶させて着ぐるみの中に閉じ込める。そして、何食わぬ顔で講義を受けながら、密室の仕掛けを作動させる……。アリバイ工作と密室作りを、同時に行ったのかもしれません」

講義室のランプは、切り替わる際に電子音が鳴る。僕が聞き逃していても、受講者の誰かしらは耳にしていただろう。事件発覚後の事情聴取で、ランプが『閉廷中』に切り替わったタイミングが明らかになれば、自《おの》ずと犯行時刻も絞り込むことができる。

「それなら、同害報復のツイートは悪手だったんじゃないか？」

あのツイートによって、むしろ受講者に疑いの目が向けられてしまっている。

「ちぐはぐですよね」戸賀は素直に認めた。

「何がしたかったのかが、まったく見えてこない」

「アリバイ工作ではないとしたら、どうして模擬法廷を密室にしたんでしょう。綾芽ちゃんは、何か思い付いてる？」

「密室作りの動機か……。自殺に見せかけようとした。犯人が意図したわけではなく、偶然密室になった。その辺りが定番だけど、今回の事件には当てはまらない気がする」

着ぐるみ越しに両手をワイヤーで縛ることで、自作自演説を否定している。鍵の保管状況からして、事情を知らない第三者が偶然施錠した可能性も低い。

「その辺りの答えも、ツイートに隠されているのかな。って、わわわっ！」

椅子の前脚を浮かせすぎた結果、戸賀はバランスを崩して転倒した。哀れな悲鳴と共に、椅子が大きな音を立てた。

「ちょっと、大丈夫？」

綾芽が心配そうに声を掛ける。

「平気、平気。あれ、これは……」

「夏倫？」

「こんなに長い髪の毛が落ちていました。私の髪ではありません」

浮気の証拠を見つけたように、手に持った毛髪をしげしげと眺めている。

「職員も学生も出入りしているんだから、髪の毛くらい落ちてるだろ」

そう僕が指摘しても、戸賀は床に這《は》いつくばったまま視線を動かしている。

「なるほど。転んだ甲斐《かい》がありました」

ようやく立ち上がって、服についた埃《ほこり》を戸賀は手で払った。

「何かわかったのか？」

「いったん話を整理しましょう」

仕切り直すように、戸賀は咳払《せきばら》いをした。

「――スイッチを押し込まないと回らないサムターン。講義中に切り替わったランプ。この二つが、密室の謎を解く上での障害になっています」

「そうだね」綾芽が頷いた。

「ダブルクリップでスイッチを挟み込んで、紐だと強度が心もとないから……、着ぐるみの前足を縛ったのと同じワイヤーを括《くく》りつける。ワイヤーを適切な方向に引っ張れば、ダブルクリップを外しながら鍵を掛けることができるんじゃないかな」

「できると思うけど……、ダブルクリップは扉の隙間を通らないから、中に残っちゃうよ。誰かが気付いたらアウトじゃん」

「ダブルクリップはサムターンから外すだけで、ワイヤーには念入りに固定する。それと、ワイヤーを引っ張るのは扉の内側から」

「……内側？」

内側から施錠するなら、ワイヤーなど用いずに手でサムターンを回せばいいだけだ。

それに、出入り口は一つしかないので、犯人が模擬法廷を出てから扉を施錠しなければ、密室は完成しないはずだ。

「綾芽ちゃん。よかったね」

「何が？」

訝《いぶか》しげに綾芽は首を傾げる。

「令和の時代にふさわしいトリックだよ。これならバズると思う」

どうやら戸賀は、一つの答えに辿り着いたようだ。詳しい説明を求めようとしたところで、扉を開く音が背後から聞こえた。

「ここで何をしているんだい？」

よりによって……、スーツ姿で入ってきたのは父だった。

「キャンパスツアーかな」

「そんな予定があるとは聞いてない」

「じゃあ、ＯＢ訪問」

戸賀が、慌てて倒れた椅子を元に戻しているのが見えた。父は僕以外の二人に順番に視線を向けて、「君たちは……、ここの学生じゃないよね」と言った。

身分を偽っても怪しまれるだけだろう。

「法学部の矢野綾芽さんと、経済学部の戸賀夏倫さん。二人とも霞山大の四年生だからと言って、模擬法廷の中に通す理由にはなっていないけれど。

「ああ。無料法律相談所の子たちか」

「紹介したっけ？」

「錬《れん》から聞いたんだよ」

古城錬は、僕の兄で無法律のＯＢ……、今は検察官として働いている。

状況を把握できず立ち尽くしている二人に、「行成《ゆきなり》の父親の古城英治です。息子がいつもお世話になっております」とうやうやしく父は名乗った。

「えっ。古城さんの――、戸賀夏倫です。お邪魔しています」

「矢野綾芽です。同じくお邪魔しています」

気まずい空気が流れる。僕が間に立つべきなのだが、どう説明すればいいのか。

「錬が担当していた事件で、有益な助言をくれたみたいだね」

「たまたまです」

あのときはまだ、押しかけ助手の戸賀しか無法律のメンバーがいなかった。

「今回は、私のことも驚かせてくれるのかな」

僕たちの目的は、すっかり見抜かれているようだ。どこもかしこも密室法廷事件の話題で持ち切りなので無理もない。

「父が、刑事模擬裁判の講義の担当教授なんだ」

時機を逸しているが、二人に伝えた。

「何だ。紹介してくれていなかったのか」父がぼやく。

「そうだったんですか……」

言葉を選ぶように間を置いた戸賀に、「事件の真相を、解き明かしにきたんだろう?」と、父は改めて確認した。

「えっと、密室の謎は解きますが、藪《やぶ》をつついて蛇を出すつもりはありません」

「どういう意味だい?」

「今回の事件の動機や犯人を明らかにしても、誰も幸せになりません。犯人も、被害者も、お祭り騒ぎは望んでいますが、全ての真相が暴かれることは望んでいないので」

「よくわからないけど、不思議な雰囲気がある子だなあ」

「ありがとうございます」戸賀は僕の方を見て、「今回の事件で犯人に成立するのは、何罪ですか?」と訊いた。

「気絶させた行為に傷害罪、着ぐるみに閉じ込めた行為に監禁罪かな」

「大学に対しては?」

「物は壊していないし、鍵を閉めたのも威力業務妨害とまでは言えないと思う」

「正解」父が呟いた。

現役の裁判官の前で、罪名当てクイズを解くことになるとは。

「ふむふむ」

傍聴席に戻ってきた戸賀は、腰に手を当てて続けた。

「概要は見えてきたのですが、証拠が足りていません。古城さんから聞いたのですが、被害者を発見したときに撮影した写真は、まだ保管していますか？」

あのとき木の柵を通ったのは父だけなので、僕が撮影した動画では死角になっている箇所があった。

「さすがに見せることはできない」

「お兄さんとも、同じようなやり取りをしたことがありまして――。イエスかノーで答えられる質問なら、前向きに検討してくれました」

「それで？」

「これも何かのご縁だと思って、チャンスをいただけませんか」

「試してみるのは自由だよ」

戸賀が一つの質問を口にすると、父は口元を緩めた。

5

模擬法廷で実況見分を行った五日後、僕はゼミ室に呼び出された。

戸賀は原色のワンピース、綾芽は先日に引き続いてリクルートスーツを着ている。入ってすぐに、ソファに座るよう戸賀に指示された。

「大学で古城パパに会えるとは思いませんでした」

「二人によろしくって言ってた」

裁判官と客員教授を兼任していることは、模擬法廷を出た後に説明した。

「渋くて素敵なお父様でした」

「世間話はいいよ」

休日の朝のルーティン（定期購読している法律雑誌のチェック）をしていると、『密室の謎を解きます』と書かれた招集メッセージが、戸賀から届いた。

「本題に入る前に、思想のチェックから始めなければなりません」

「物騒だな」

内心の自由は、憲法で不可侵の権利と定められている。

「男だから、女だから、というレッテル貼りは好きじゃないのですが、置かれた環境次第で常識や性格は変化していくものだと教わりました」

「何の話？」

「古城さんは、自分の顔や身体にコンプレックスがありますか？」

「……体力がないところとか」

「運動能力ではなく、容姿の話です。綾芽ちゃんは？」

突然話を振られた綾芽は、「鼻を高くしたい」と小声で答えた。該当箇所を見ると睨まれそうだったので、おでこ辺りにピントを合わせた。

「私は垂れ目がコンプレックスなので、目尻《めじり》を上げる体操を毎日しています」

「ええっ。たぬきみたいでかわいいのに」綾芽が言った。

目尻を上げる体操とは、どういうものだろう。

「一番見ている顔だからこそ、意外なところにコンプレックスを感じていたり、他者評価と合致しないことも珍しくありません」

「わかるわかる」

「初めて美容院に行ったとき、髪を染めたとき、ピアスホールを開けたとき、ブランド物の洋服を買ったとき……。周りの見る目が変わるんじゃないかと期待したけど、気付いてすらもらえなかった。心当たりはありませんか?」

綾芽が、「心にぐさぐさ刺さるからやめて」と眉《まゆ》をひそめた。

しかし戸賀は、一方的に話を続ける。

「容易に手が届く範囲のものだと、劇的な変化はなかなか期待できません。一方で、技術の進歩には目を見張るものがあります。経済学部の友達は、適応するコンタクトがないくらい視力が悪くて、瓶底眼鏡をかけていたのですが、眼内コンタクトレンズの手術を受けたら、裸眼人生を送れるようになったと喜んでいました」

「眼の中にレンズを挿入する手術か」

インターネット広告で見掛けたことがある。通常のコンタクトでは適応がない視力でも、手術を受けられるとは知らなかった。

「視力矯正だけではなく、ズーム機能がついたコンタクトレンズの開発も進んでいるらしいですよ。瞬《まばた》きで倍率を切り替えるとかなんとか。望遠レンズと、広角レンズ……。スマホのカメラみたいに、視界を使い分ける将来が訪れるかもしれません」

「あのさ――」

「歯のセラミック治療なんかもありますよね。自前の歯を矯正するのではなく、人工歯を被せて理想の歯並びにする。マリー・アントワネットもびっくりですよ。歯並びが悪いなら、人工歯にしちゃえばいいじゃないって。自由診療に挑戦できるお金があれば、容姿のコンプレックスは克服できる時代になりつつあります」

「それで?」

戸賀の話を遮ることは諦《あきら》めた。

「とやかく言う人もいるかもしれませんが、その人が幸せな人生を送れるなら、お金の使い道は自由だと私は思います。古城さんは、どうですか?」

「法に触れたり他人に迷惑を掛けたりしない限り、好きにすればいいと思う」

「平常運転で安心しました。意識改革の必要もなさそうですね」

「そうかな」

「本題に移ります。密室の謎を解きましょう」

何のための時間だったのだろう。容姿のコンプレックス……。親から与えられたものを手術や人工物で上書きするなんてけしからん。そんな反応を予期していたのか。

「撮影は後からでいいよね」

綾芽がソファに座ったまま言った。

「うん。失敗したら、また考えよう」

本棚と壁の隙間に押し込まれた、オレンジ色の恐竜の着ぐるみ。その手前に、先日はなかったロボット掃除機が置かれていた。戸賀が、それを両手で抱えてドアに近づいた。

「買ったの？」一応訊いておいた。

「十万円以上するから買えませんよ。一カ月千円のお試しサブスク契約です。昨日届きました。満期が訪れたら、泣く泣くお別れします」

「へえ。そんなプランもあるんだ」

模擬法廷で戸賀が父にした唯一の質問は、『事件現場で、お掃除ロボを見掛けましたか？』だった。父は、微笑んで頷き返した。

「それともう一つ。ゼミ室の鍵を付け替えました。防犯スイッチ式サムターン。模擬法廷と同じ型番の物を選びました。あとで合鍵をお渡しします」

「現場の状況を再現したのか」

「恐竜の着ぐるみ、お掃除ロボのサブスク契約、防犯スイッチ式サムターン。一万五千円で密室の謎が解けるなら、許してくれますよね」

「無法律の活動費から出したんだな」

「報告が遅れました」

事後報告もいいところだ。顧問に報告するのは僕の役目である。

「ちゃんと鍵を掛けられたら話を通すよ」

「いいですね」

戸賀は、ポケットから取り出したダブルクリップで、解錠状態（縦向き）のサムターンを挟み込んだ。そして、クリップのハンドル部分にワイヤーを巻きつけて固定した。

「ワイヤーも私物？」

「DIY用に買いました」

ワイヤーのもう一方は、サムターンの先端を経由して、ロボット掃除機の吸引口に繋がっている。これから何が起きるのかは、おおよそ想像できていた。

「犯人も、タイマー予約の機能を使ったはずです」戸賀が補足した。

「一限が始まった後に起動するよう設定したのか」

「はい。タイマー予約は、低価格のエントリーモデルでも搭載されている基本的な機能です。最新型にこだわったのは、私欲に走ったわけではなく、マッピング機能と進入禁止エリアの設定が必要だったからです」

「どういう機能？」

戸賀が手に持っている携帯の画面には、カラフルな見取り図が表示されている。

「ゼミ室をマッピングしたものです。六畳一間くらいしかない空間では、お掃除ロボの実力は発揮しきれません。まあ、私の部屋も、似たり寄ったりなんですけど。それはいいとして、この機能は、進入禁止エリアと組み合わせることで光り輝きます」

「掃除する箇所としない箇所を指定できるってこと？」

「いかにも。初期設定のままだと、お掃除ロボは気の赴く方向に出発してしまいます。普段は綺麗《きれい》にしてくれれば構わないのですが、今回はワイヤーを一定方向に吸引することが目的です。そこで、かなり極端に進入禁止エリアを設定します」

ロボット掃除機は、室内から見てドアの左側辺りに置かれている。戸賀は携帯の画面に表示された見取り図の大部分を赤枠で囲った。

「赤枠が進入禁止エリア？」

「はい。ほとんどが進入禁止になってしまいましたが、賢いお掃除ロボは活路を見いだして前進してくれるはずです」

そう言って戸賀は、僕の隣に座った。

「何分後に起動するの？」

「三分後です。あとは成功を祈って見守りましょう」

戸賀は、ロースクールの通路でロボット掃除機を見つけてはしゃいでいた。その後、模擬法廷で転倒したとき、床の清掃が行き届いていないことに気付いて、サムターンを遠隔操作で回す方法を思い付いたという。

模擬法廷が清掃エリアから外れたのは、ロボット掃除機を警察が持ち出したからではないか。その理由は……、という思考の流れだったらしい。

僕たちは第一発見者の父に確認したわけだけれど、犯人がツイートに添付した模擬法廷の全体写真にも、ロボット掃除機が写り込んでいた。証言台と法壇の中間辺りの書記官席に充電台が設置されており、傍聴席から死角になる場所で影を潜めていたのだ。

そんなことを考えているうちに、稼働音が聞こえてきた。

ロボット掃除機はその場でくるくる回転してから動き出した。室内から見て、ドアの左側の方向である。三十センチほど進んだところで、たるんでいたワイヤーがピンと張り、稼働音が大きくなった。

「パワーブーストです」戸賀が呟く。

三人が見守る中、サムターンが回転して、水平方向を向いた。

バチンという鈍い音が聞こえたかと思うと、スイッチを挟み込んでいたダブルクリップが外れた。ロボット掃除機は、ワイヤーと共にそのまま前方に進んでいく。

「閉まった……」

綾芽の声は、金属同士が擦《こす》れるような音で遮られた。

「わわっ。壊れる壊れる」

戸賀がロボット掃除機に駆け寄って停止させた。吸引口にダブルクリップが巻き込まれて本体と接触したようだ。

「吸引できるサイズのダブルクリップにするか、テープとかで吸引口を塞《ふさ》ぐ必要がありそうですね。改善の余地はありますが、とりあえず成功です」

サムターンは水平方向で施錠されており、ダブルクリップも外れている。ロボット掃除機が充電台に戻れば、遠隔操作での密室作りが完了するということか。

「何個か質問してもいい？」

「まずは成功を祝いましょうよ」

「……そうだね」

コーヒー、ミルクティー、緑茶で、僕たちは乾杯した。

「凄《すご》い。びっくりした」綾芽が両手を合わせた。

「今っぽいし、視覚的にもわかりやすい。これならバズるんじゃないかな」

「解説のテロップも急いで作る」

綾芽の就活フォロワー数対決の期限は、二日後に迫っている。『密室法廷事件の謎を解いた』と動画付きでツイートを投稿すれば、かなりの拡散が期待できそうだ。

「古城さんが着ぐるみを着て被害者役、綾芽ちゃんが探偵役、私が二人を撮影するよ」

「被害者役はいらないだろ」

僕が指摘すると、戸賀は首を横に振った。

「いいえ。恐竜の着ぐるみも、今回の事件で重要な役割を果たしているんです」

「本気で言ってる?」

「はい。でもその前に、古城さんの疑問に答えましょう」

ロボット掃除機を使った密室のトリックに、恐竜の着ぐるみの出番はなかった。戸賀の発言の意図を考えながら、僕は気になった点を尋ねた。

「九時十分にタイマー予約をして、進入禁止エリアを設定した。模擬法廷はこのゼミ室より何倍も広いけど、進入禁止エリアを調整することで、講義室にいた僕たちが移動するまでに充電台に戻るようにした……。それであってる?」

「最新機種なら、清掃時間も指定できます」

模擬法廷に踏み込んだとき、ロボット掃除機がまだ動き回っていたら、事件に関わっているのではないかと疑念を抱いたはずだ。タイマー予約、進入禁止エリアの設定、清掃時間の指定。三つの機能を組み合わせることで、人知れず密室を作り上げたのか。

僕が見た講義室のランプの表示も、今回のトリックと整合している。

一限が始まった時点で、被害者は着ぐるみの中に閉じ込められていたが、模擬法廷の扉は施錠されていなかったので『開廷中』のランプが点灯していた。タイマー予約で起動したロボット掃除機がワイヤーを吸引し、講義室のランプが『開廷中』に切り替わった。

犯人も、講義室でランプの表示を確認して、遠隔操作での密室作りを見届けたのだろう。

しかし――、

「後始末はどうしたんだ？」

「というと？」

「同じ道具を使ったとして、ワイヤーとダブルクリップは、吸引口に引っ掛かったままか、ダスト容器の中に収まっていたんじゃないか」

いずれにしても、偽装の証拠を隠滅することはできない。

僕の指摘を予想していたかのように、「進入禁止エリアの設定も、本体に記録されたままだったかもしれません」と戸賀は付け加えた。

つまり、内部メモリやダスト容器に、密室作りの痕跡《こんせき》が残っていたのではないか。

「事件が発覚してから犯人がロボット掃除機を持ち出すのは、サムターンを挟み込んでいたダブルクリップを回収するより難しかったはずだ」

「そうでしょうね」

ロボット掃除機は、事件発覚後に警察が回収した可能性が高い。

「じゃあ、警察も密室のトリックに気付いているのか？」

「おそらく、かなり早い段階で答えに辿り着いたはずです。その事実を警察が発表していないのは、おかしなことでしょうか」

検察官の兄に同じ質問をしたら、どんな答えが返ってくるか。

「講義を受けていた学生も容疑者に追加できるだけで、具体的に絞り込めるわけじゃない。捜査情報を軽率に開示したりはしないだろうし……」

「密室の謎を解いたと、警察が意気揚々と記者会見を開いたら、それを見た犯人が逃亡してしまうかもしれません」

「優先すべきは犯人の確保だと思う」

しかし、すぐに見抜かれてしまう密室に、何の意味があったというのか。

「この密室はハリボテなんです」

「ハリボテ？」

「見かけが立派なら、中身はスカスカでも構わない。事件関係者ではなく、視聴者を驚かせるための密室だったからです」

「視聴者って――、僕たちのこと？」

「犯人は、完全犯罪を成し遂げようなんて大それたことは考えていなかった。派手な演出で彩った密室。動画撮影を促す張り紙。挑発的なツイート。フォロワー数に応じて提示されたヒント。共通点が見いだせませんか？」

「承認欲求とか……」

「犯人の目的は、私たちと一緒でした」

恐竜の着ぐるみを指さしながら、戸賀は続けた。

「バズらせるために、密室を作ったんです」

「………」

綾芽は、ペットボトルを手に持ったまま固まっている。

就活で課されたフォロワー数対決で勝利するために、綾芽は模擬法廷の密室の謎に挑んできた。社会的な注目を集めている事件の解決に寄与すれば、話題をかっさらってバズらせることができると考えたからだ。

「被害者を傷つけることだけが目的なら、夜道で襲い掛かればよかった。ニュースになったとしても、すぐ忘れられていたでしょう。模擬法廷、恐竜の着ぐるみ、能面、密室、ツイート。犯人は、事件を目立たせることを第一に考えていたんです」

「目立たせて……、それで？」

「だから、バズらせたかったんです」

「ちゃんと説明してくれ」

「犯人も綾芽ちゃんと同じ出版社を受けてるとか、そういうミラクルは期待しないでください。もっとシンプルな動機です。バズらせて、無視できない存在に成り上がろうとした」

そこで戸賀は、鞄から取り出した手帳をテーブルに置いた。

「ツイートの中から、密室の謎解きに無関係だと思ったものを抜き出しました。私の疑問も一緒にメモしています」

『目には目を』

――『歯には歯を』もセットでは？

『同害報復は、復讐を断ち切るための論理である。最初に目を損なった者は、相手の目を損なうことが認められた。ただし、加害者よりも身分が劣る被害者は、復讐の権利も認められず、銀の支払で気を静めるしかなかった』

――復讐＝目を損なう？　銀の支払＝慰謝料？

『奪われたものを取り戻すために、私は密室を作り出した。これは、被害者に対する復讐劇ではない。加害者よりも身分が劣っているから、同害報復の権利を放棄したのか？　それは違う。私の復讐はここから始まる』

――奪われたもの＝目？　復讐とは？

『現代における身分とは何か。私は一つの答えに辿り着いている』

――現代＝令和。令和における身分とは？

『切るか埋めるか。私には二つの選択肢が提示された』

――埋める＝着ぐるみ監禁？　それなら、『閉じ込める』の方が正確では？　『切る』と『埋める』の対比？　二つの選択肢を提示されたのは犯人？

『このまま見て見ぬふりを続ければいい。審判を下すのは、私でもお前でもない』

――見て見ぬふり＝既読スルー？　審判者は誰？　お前≠被害者？

『時は満ちた。これが最終通告だ』

——時＝身分＝フォロワー数？


メモ書きを眺めるだけでは、断片的な思考の流れしか浮かび上がらない。

「誰が犯人か、夏倫はもうわかってるの？」綾芽が訊いた。

「ううん。前にも言ったけど、この事件の犯人捜しをするつもりはない」

「どうして？」

「誰も望んでいないはずだから」

「被害者も？」

村瀬伊織は、退院した後も欠席を続けている。このまま欠席が続けば単位の取得も難しくなる。加害者への恨みは強いはずだが……。

「うん。被害者は、能面を顔につけた状態で、着ぐるみの中に閉じ込められていた。犯人は、どうやって襲い掛かったのかな」

「背後から忍び寄って、気絶させたんじゃない？」

「模擬法廷に隠れられそうな場所は、ほとんどなかった。面と向かって殴り掛かられたら、悲鳴を上げそうな気がするけど、隣の部屋にいた古城さんは何も聞いていない。正体を隠して被害者を呼び出すのも、かなり難しいと思う」

「自作自演説は否定したよね。じゃあ……、共犯ってこと？」

被害者と犯人の共犯。着ぐるみ越しにワイヤーで両手を縛られていたので、戸賀と綾芽は自作自演を否定した。そう誘導するための偽装だったのか。

「そこまではわからない。だけど、被害者は犯人の顔を見ているんじゃないかな」

「顔を見てたら、警察に話すよね」

「普通はそうする」

「ちょっと待って。密室のトリックも、犯人が誰かも警察はわかってる？　それなら、逮捕報道がされてるはずじゃん」

理解できないと主張するように、綾芽は首を横に振った。

「今回の事件で罪に問えるとしたら、被害者に対する傷害罪と監禁罪。大学に対する犯罪は成立しない。そういう話でしたよね？」

戸賀に訊かれたので、僕は無言で頷いた。

「犯人の処罰を求めないと被害者が嘆願したら、どう処理されると思いますか？」

「傷害も監禁も親告罪ではないから、被害者が告訴しなかった場合でも検察は立件できる。でも、示談が成立したら不起訴になる可能性が高いと思う」

「ありがとうございます。そういう方向で話が進んでるんじゃないですかね」

詳細な負傷状況はわからないが、村瀬伊織は一週間で退院している。着ぐるみに閉じ込められていたのも、それほど長時間には及ばないはずだ。

発見時の状況やツイートによって世間の注目を集めているが、施された装飾を取り除いて客観的に観察すれば、軽微な被害結果だけが残る。

密室に止《とど》まらず、事件全体がハリボテだと戸賀は言いたいのか。

「大学側も、犯人が誰か知っているってこと?」

そう僕が訊くと、「学校の事情は、古城さんの方が詳しいんじゃないですか。お父さんは何か言っていませんでした?」と返された。

事件から三週間近くが経っても、教務課から追加の情報共有は行われていない。それに、事件現場である模擬法廷の立ち入り禁止も解除された。

「柵の内側に入った父は、現場を念入りに観察して撮影していた。ロボット掃除機にも気付いていたみたいだし、少なくとも密室のトリックは見破っていたと思う」

「警察とも連携を取っているはずですし、集めた証拠を突き付けて被害者を問いただせば、犯人まで辿り着いていても不思議ではありません。この事件が厄介なのは、真相が明らかになった後の決着の付け方です」

被害者を着ぐるみに閉じ込めたのも、密室を作り上げたのも、ツイートを投稿したのも、事件を目立たせてバズらせるための行動だったと、戸賀は言った。

しかし、その最終的な目的は明らかになっていない。

「ハンムラビ法典のヒントには、どんな意味があったんだ?」

「少なくとも、密室のトリックや犯人を隠し通すための偽装工作ではありません。たまたまその日の講義を聴いて、示唆を得たんだと思います」

「示唆?」

「事件を起こして、ツイートを投稿することは決めていた。幾つかの要素さえ満たしていれば、文章の構成にこだわりはなかった。重要なのは、それぞれの単語をどう変換するかです」

「もう少し補足してくれないか」

そう頼むと、戸賀はテーブルの上の手帳を指さした。

「これから話すのは、ツイートの内容と私の経験を重ね合わせた一つの解釈です。間違っているところもたくさんあると思います。それでも、犯人や被害者に会って話を聞くつもりはありません。詮索《せんさく》しないと、古城さんも約束してください」

「……わかった」

これまでに無法律で関わってきた事件では、被害者や容疑者に会って、直接話を聞くことが多かった。それなのに今回は、被害者の〝村瀬伊織〟がどんな学生なのか、同級生の僕に確認すらしていない。

「ペアであるはずの『歯には歯を』が欠けていること、『切るか埋めるか』という選択肢。いろいろメモを書いていますが、取っ掛かりになったのはこの二つです」

「切るか、埋めるか……」

着ぐるみ監禁や密室作りから、『切る』や『埋める』は確かに連想しづらい。

「さっき話した、経済学部の友達を思い出したんです」

「眼内コンタクトレンズの手術を受けた友達？」

通常のコンタクトでは適応がない視力だったと戸賀は言っていた。

「その子は、大学二年生の頃に視力が急激に低下しました」

「事故に遭ったとか？」

人間の視力は二十歳前後で安定すると、健康診断のときに教えられたのを覚えていた。

「原因は、医療事故です」

交通事故やスポーツでの接触事故を思い浮かべていたので驚いた。医療事故で視力が低下した……。どういった手術が考えられるか。

考えがまとまる前に、「もしかして、整形？」と綾芽が戸賀に訊いた。

「うん。古城さん、どう思いましたか」

「どうって……」

「自由診療に挑戦できるお金があれば、容姿のコンプレックスは克服できる時代になりつつある。そう最初に話しましたよね」

「覚えているよ」

「整形を勧めているインフルエンサーも、たくさんいます。瞼《まぶた》、涙袋、鼻筋、リップ、フェイスライン……。写真とか動画の加工技術が凄すぎて、理想的な自分の容姿が、デジタルでは簡単に実現できる。そこに近づくために、一生懸命化粧を勉強しなくちゃいけない」

「美容整形は、化粧の延長線上ってこと？」

化粧も施したことがない僕には、その感覚が理解できなかった。

「加工詐欺、化粧詐欺。そんな言葉で傷つけられるくらいなら、整形で自信が持てる自分になりたい。私は、理解できるし、共感もできます。私たち女性は、容姿の優劣を競う戦場に問答無用で立たされて、目を背けることも許してもらえない。整形は、新しい自分に生まれ変わるチャンス。そう言って、必死にお金を貯めている友達もいます」

ソファから身を乗り出しながら、戸賀は僕の目を見て言った。

今回の事件の真相に、美容整形が関わっている。その結論に辿り着いていたから、本題に入る前に僕の反応を探ろうとしたのか。

「知識がなさすぎて、うまく答えられない」

「洗脳したいわけでも、共感してほしいわけでもありません。古城さんなら、先入観に囚《とら》われず、自分の頭で考えてくれると信じているので」

どうして、戸賀は美容整形に着目したのか。

「視力ってことは、目の手術？」

「二重《ふたえ》手術です。美容整形の中で、一番症例数が多いそうです」

「僕でも聞いたことがある」

「友達は、瞼に医療用の糸を埋め込んで二重瞼を作る施術を受けて失敗しました。瞼の裏にはみ出した糸が、角膜を傷つけてしまったと聞きました。それで視力が一気に下がったと」

「医者はミスを認めたの？」

当時の記憶を探るように、戸賀は天井に視線を向けた。

「その美容クリニックで糸を抜かれて、カルテには『二重幅がイメージと違ったので抜糸』と書いてあったと聞きました。ミスを隠すために、患者都合で糸を抜いたように見せかけたんです。慰謝料どころか、施術費用も返還されませんでした」

「酷《ひど》いな……」

「眼科の先生にも、視力低下の原因を特定するのは難しいと言われたそうです。その頃から古城さんと知り合いだったら、無法律に連れて来たかもしれません」

「多分、僕にできるアドバイスはほとんどなかった」

「きっと、何か捻《ひね》り出してくれましたよ」

医療訴訟で患者側が勝訴する難しさについて、弁護士の母親が家で愚痴をこぼしているのを聞いたことがある。

「友達の話は、これくらいにしておきましょう」

そう言って戸賀は、手帳に書き起こしたツイートを丸で囲んだ。

「目には目を。切るか埋めるか。連想ゲームみたいに、二重手術が浮かび上がりました」

「あっ……。切開法と埋没法か」

綾芽が、呟くように言った。

「瞼に医療用の糸を埋め込む埋没法と、切開した皮膚でひだを作る切開法。友達は、埋没法で失敗して視力が低下しました。でも、医者がミスを認めなかったから、治療費すら受け取れなかった。目を損なったのに、復讐の権利も、銀も与えられなかったんです」

犯人のツイートの内容と二重手術の医療事故は、確かに結びつけることができる。視力が低下する原因は医療事故以外にも多くあるが、『切るか埋めるか』は切開法と埋没法と解釈するのが自然ではないか。

「犯人も、二重手術で視力が低下したと考えているんだよね」

僕が尋ねると、戸賀は頷いた。

「その美容クリニックのホームページを久しぶりに見たら、友達紹介キャンペーンを新しく始めていました。ヒアルロン酸、ボトックス、フェイスリフト。紹介した分だけ、他の施術の値引きクーポンがもらえる仕組みです」

戸賀は携帯を操作して、「こんな口コミも見つけました」と僕たちに画面を見せた。

「事件の一ヵ月くらい前に投稿された口コミです。星一つの新着順でソートしたら一番上に出てきました。友達に勧められて埋没法の二重手術を受けたら、視力がどんどん低下していった。説明を求めても、施術とは関係ないと相手にされず、代金も返還してくれなかった。私の友達と、ほとんど同じ状況です」

「これが犯人の投稿かもしれないのか……」

名前や年齢が特定されているわけではない。あくまで匿名の口コミだ。

「他のクリニックに比べると施術費用が安いので、学生の間では結構有名なんです。友達にクーポン目的で紹介している人がいても、不思議じゃありません。施術に満足していれば、悪気はないんでしょうけど……。口コミを見ただけでも、いろいろなトラブルが起きているのは間違いありません。それでも、自分は大丈夫って思っちゃうんですかね」

犯人と投稿者が同一人物であるか、僕たちには判断できない。重要なのは、犯人の行動を矛盾なく説明できるか否かだ。

「密室を作ってツイートをバズらせても、視力は元に戻らないよな」

「はい。犯人が求めたのは、銀の支払――、慰謝料だと思います。でも、加害者である医者は施術のミスを認めなかった」

「だから、今回の事件を起こしたのか」

「ＳＮＳ全盛時代の現代では、誰でも自由に意見を述べることができます。ですが、正しく相手に届くかは別問題です。令和における身分は、発信力で決まるのではないでしょうか。同じ内容の告発をしても、主体がインフルエンサーかただの学生かで、発信力にも圧倒的な格差が生じてしまう。その差を埋めるための密室だったんだと思います」

犯人のツイッターアカウントのフォロワー数は、五万人を超えている。密室のトリックや今回の事件を起こした動機が明かされるのを、大勢が心待ちにしているのだ。

匿名の口コミでは、加害者に過ちを認めさせることはできなかった。発信力を手に入れたツイッターアカウントで美容整形トラブルを暴露したら、何が起きるか。

犯人を非難する者も多く現れるだろう。しかし、実名を明らかにしていない犯人に、その声が届くことはない。

信用が失墜して致命的なダメージを受けるのは……、名称を晒《さら》される美容クリニックだ。

「最終通告と宣言されてから二週間近く経っている。当事者間で解決したのかな」

クリニックを特定するツイートは、現時点で投稿されていない。

「DMとかで、直接やり取りしたんじゃないでしょうか。ツイートが仄めかしている内容もすぐに理解したはずです。ネタばらしをされたら、アカウントの発信力はさらに増していく。代金を返還して、視力を回復するための治療費も支払う……。その後のお祭り騒ぎまで想像したら、示談に応じるのが賢明な判断だったかもしれません」

法律家を志しているロースクール生が、法的な手続によって被害を回復する道ではなく、加害者を脅迫して自力救済を図ってしまったのか。

いや、法律知識があるからこそ、その限界を悟ったのだとしたら――、

「医療過誤で患者側が勝つのは、かなり難しいらしい」

「泣き寝入りを強いられている被害者も、たくさんいるんでしょうね」

勝てる見込みがほとんどなければ、弁護士も依頼を受けることに難色を示す。

「信用問題に直結するから、医者はミスを認めようとしない。客観的な証拠を患者が自力で集めるのも難しいし、医学の専門知識がなければ簡単に煙《けむ》に巻かれてしまう。犯人は……、正攻法で闘うことを諦めて、今回の犯行を計画したのかもしれない」

「その選択が間違っているのか、私には判断できません」

一連のツイートから、戸賀はそこまで検討を進めていたのか。

「被害者は、犯人にクリニックを紹介した学生？」

綾芽は、スカートの裾《すそ》を握りながら戸賀に訊いた。

「怪我をして恥もかかされたのに、犯人の処罰を望まなかった。よほど仲が良かったか、負い目があったか。後者だとすると美容整形に結びつけたくなるよね」

自分がクリニックを紹介したせいで、友人をトラブルに巻き込んでしまった……。それが事実なら、SNSを通じた脅迫に協力する動機になり得るのではないか。

「私……、就活のために、今回の事件を利用してもいいのかな」

「密室の謎解きは、犯人も望んでいると思う。そうしないと、このお祭り騒ぎは終わらないから。そのうち、犯人が自分でトリックの解説をしちゃうんじゃないかな。そんな興ざめな終わらせ方はダメでしょ。就活探偵が終止符を打たないと」

「そこから犯人捜しが始まったりしない？」

「トリックと犯人は繋がっていない」

「うん。わかった」

戸賀の推測が当たっていれば、犯人も被害者も美容整形の施術を受けていたことになる。自分の意思で施術を決断したのだとしても、その事実を第三者に知られるのは望んでいないだろう。美容整形に対する偏見や世代間の認識の相違、後ろめたさや恥ずかしさ。さまざまな要因が関わっていることは僕でも理解できる。

だから戸賀は、被害者から話を聞きたいと言い出さなかったし、犯人を特定しないという姿勢を一貫して崩さなかった。

手帳を閉じた戸賀は、「大学は犯人に処分を下しますか？」と僕に訊いた。

「騒動を起こしたのは事実だから、お咎めなしにはならないと思う。停学処分になるんじゃないかな。法律を学んでいるロースクール生なんだ。ちゃんと覚悟してるよ」

「やっぱり、私たちに手伝えることはなさそうですね」

「成り行きを見守ろう」

「古城さん、顔に出やすいからなあ」

「大丈夫。ぼっちだから話す相手もいない」

「正直でよろしい」

鞄を持って立ち上がると、綾芽が「何で帰ろうとしてるんですか。これからが本番です」と言って、恐竜の着ぐるみを僕に手渡した。

「本当に着なくちゃダメ？」

「バズらせるには、ティラノサウルスが必須《ひっす》なんです」

「……わかったよ」

先ほど戸賀に見せてもらった美容クリニックのホームページにアクセスして、施術一覧のページに目を通した。症例写真を確認したかったからだ。

戸賀と綾芽が大きな勘違いをしていることに、僕は途中で気付いた。

指摘するか迷ったが、詮索しないという戸賀との約束を守るには、口を噤《つぐ》む必要があった。

被害者と顔を合わせていれば、その場で認識を改めていたはずだ。

僕が撮影した動画にも、犯人が投稿した動画にも、被害者の素顔は写っていなかった。

能面には、もう一つ別の意味があった。

さまざまな属性の患者の施術実績が、症例写真として掲載されていた。

やはり……、と思って携帯をテーブルの上に置いた。

――男だから、女だから、というレッテル貼りは好きじゃないのですが、置かれた環境次第で常識や性格は変化していくものだと教わりました。

――私たち女性は、容姿の優劣を競う戦場に問答無用で立たされて、目を背けることも許してもらえない。

先入観に囚われていたのは、お互い様だった。

真相は、僕だけの心に留《とど》めておこう。

後日、綾芽から、三次選考を通過したという報告がメッセージで届いた。

ちょうど同じ頃、村瀬伊織が、約一カ月ぶりに講義室に姿を現した。隣には、停学処分から復帰した学生の姿もあった。

整った顔立ちだと、改めて思った。

彼らの瞼には、くっきりと綺麗な線が刻まれていた。

今際言伝

1

大学に進学して驚いたのは、集団行動を求められる機会が一気に減ったことだった。

クラスという区分けは一応存在したけれど、毎日決まった時間にホームルームを開いたり、一丸となって体育祭や文化祭に取り組む同調圧力からは解放された。

受講する講義の選択も、イベントへの参加も、一定のルールさえ守れば自由に決めることができる。放任主義であるがゆえに、留年者がぽつぽつ（あるいは、ぞろぞろ）と現れてしまうのかもしれないが、『自己責任』という単語を繰り返し聞かされて育った僕にとっては、大学のシステムの方が性に合っていた。

戸賀や綾芽に言わせれば、このような開き直り方も〝ぼっち〟の思考過程なのだろう。否定はしないし、集団行動を通じて学んだことも確かに多くあった。

無法律でさまざまな相談を扱ってきたが、トラブルの多くは人間関係のもつれに端を発していた。親子、恋人、友人、上司、部下……。こっぴどく裏切られて、傷つけられても、他者との関わりを絶って生きていくことは難しい。

理解と共感。心の機微を察知することで、適切な距離を保てるようになる。

ならば、僕自身が豊かな人間関係を築いて、酸いも甘いも嚙《か》み分けることができれば、相談者に寄り添える法律家になれるかもしれない——。

どうしてそんなことを考えたのかと言えば、気持ちを奮い立たせるためだった。

ロースクールの会社法の講義で、ペアワークの指示が出た。

座席や名簿で機械的に割り振るのではなく、任意の相手とペアを組んで課題を提出する。つまり、パートナー探しは、自分たちで行わなければならないという。

課題自体は判例の調査と分析で、苦労しそうな作業は特になかった。採点する答案を減らして教授が楽をするために、ペアワークの形式をとったのではないだろうか。

何か質問があるかと教授に問われたので、一人で課題に取り組んでもいいか確認しようか一瞬迷ったけれど、さすがにやめておいた。協調性のなさをアピールするようなものだし、憐《あわ》れみの視線を向けられることも予想できた。

恥を承知で打ち明ければ、次に僕がとった行動は、講義室にいる学生のカウントだった。奇数か偶数かによって、余り者が生じるかがわかるからだ。

そして僕は、受講者が奇数であることを願った。余り者になれば、一人で課題に取り組む大義名分を与えられる。

結果は偶数——。あっという間に計画は頓挫《とんざ》した。

講義が終わり、虚《むな》しい確認作業を行っている間に、続々とペアができあがっていく。席に座ったまま静観している学生は僕しかいない。

まあ、最後まで残った一人とペアを組めばいい。やる気がないようなら、僕が全ての作業を引き受ければ問題は起きないだろう。

そんな諦《あきら》めの境地に至ったところで、「古城くん」と声を掛けられた。

「まだ決まってないなら、俺と一緒にやらない？」

薄手のカーディガンを着て、無造作に立たせた髪を触りながら近くに立っているのは、学内外を騒がせた『密室法廷事件』の被害者――、村瀬伊織だった。

「どうして、僕と？」

我ながら情けない反応だが、誘われた理由に心当たりがないので仕方ない。

「どうせなら、優秀な人と組みたいと思って」

「会社法は苦手科目だよ」

民法や刑法などに比べると、法学部在籍時の成績も芳しくない。父親は公務員、母親は自由業なので、株式会社の規制などについて学んでも実感が湧きにくかった。

すると、やや声を潜めて、村瀬伊織は言った。

「実は、頼みたいことがあってさ」

「頼みたいこと？」

「ここだと、ちょっと」

課題は口実にすぎず、他の目的があるということか。いろいろと訊《き》きたいことはあったが、周りの学生の視線を感じたので席を立った。

「外で話そう」

村瀬伊織は、施錠された模擬法廷の中で、恐竜の着ぐるみに閉じ込められていた。

あれから一カ月ほどが経った。その間に同じ学年の加瀬智也《かせともや》が停学処分を受けたが、既に復学している。事件の真相について、大学側は沈黙を貫いているものの、ロースクール内でさまざまな噂が流れているようだ。

自動販売機で缶コーヒーを買って、テラスの椅子に二人で並んで腰かけた。

「突然声を掛けて、驚いたよね」

カーディガンのポケットに手を入れて、村瀬伊織は足を投げ出した。

「あのままだと溢《あふ》れるのが確定していたから、助かった」

「焦ってるようには見えなかったけど」

「村瀬くんは――」

「伊織でいいよ。苗字《みようじ》は好きじゃないんだ」

僕のことは苗字で呼んでいるのに、変わったこだわりだ。

「頼みたいことって、具体的には？」

「密室の謎を解いたの、古城くんたちだよね」

缶コーヒーを一口飲んで、どう答えるべきか考えた。

模擬法廷の扉の鍵《かぎ》を遠隔操作で施錠する方法について、戸賀が一つの解答を導き、綾芽がツイッターに動画を投稿した。その動画の中で、僕は恐竜の着ぐるみを着て出演しているが、顔が写らないように細心の注意を払った。

「あの動画、無法律のゼミ室で撮影しただろう？」伊織が補足した。

「マイナーなゼミなのに、よく知ってるね」

「俺、法学部じゃないけど、霞山大生だったんだよ。SNSでも何度か話題になってたから、見覚えがあった」

ロースクール生の多くは法学部から進学しているが、他学部出身の者もいることは知っていた。そういえば、霞山大ユーチューバーの暮葉が、無法律のゼミ室で動画を撮影したこともある。こういった不用意な行動から、個人情報が特定されるのだろう。

「密室の謎解き動画の削除が頼み事?」

綾芽の就活のための投稿だったが、その目的は既に達成されている。

「削除してほしいわけじゃないよ。あのトリックに気付いたなら、被害者の俺が計画に一枚噛んでる可能性も疑ったんじゃないか?」

「密室の謎を解くだけで、それ以上は詮索《せんさく》しない。話し合ってそう決めた」

「どうして?」

「ノーコメント」

「整形を暴くことに繋《つな》がるから?」

「………………」

中性的な顔立ちの伊織が、僕をまっすぐ見つめている。くっきりとした二重《ふたえ》瞼《まぶた》、薄い唇。どうして今さら、この話題を蒸し返そうとしているのか。

「やっぱり、そこまで見抜いていたんだ。へえ……、すごいな」

発言の真意を探っていると、伊織がさらに続けた。

「せっかくだから、答え合わせをしよう」

「何の意味があるわけ？」

「無法律が信用できるのかを確かめたい」

「お眼鏡にかなったら？」

「法律相談をしたい」

それが頼み事か。不穏な気配が既に漂っている。

「ロースクール生なら、自分で解決できるんじゃない？」

「法律じゃない謎解きもあるってこと」

「正直、嫌な予感しかしない」

「同級生のよしみでさ」

状況を把握できないまま、ゼミ室でのやり取りを思い出しながら、一カ月前の事件の解釈について僕は語っていった。被害者本人のたっての希望なら、詮索しないという戸賀との約束を破ったことにはならないだろう。

戸賀曰《いわ》く——、被害者を着ぐるみに閉じ込めたのも、密室を作り上げたのも、ツイートを投稿したのも、事件を目立たせてバズらせるための行動だった。

ハンムラビ法典からは、『目には目を』のみを引用しながら、『切るか埋めるか』という事件との関係性が不明な二択が提示された。一方で、切開法と埋没法が存在する二重手術の医療事故を前提とすれば、一連のツイートも違和感なく解釈することができた。

派手な演出を施した事件をツイッターで拡散することで、発信力を高めようとしたと戸賀は推理した。医療事故による視力低下の損害を、美容クリニックに賠償させるために。

一方、被害者は犯人の顔を見ている可能性が高いにもかかわらず、逮捕者はいまだ出ていない。犯人にクリニックを紹介したのは被害者で、負い目を感じているのではないか――。

「こんなところかな。的外れかもしれないけど」

テラスには僕と伊織しかいない。梅雨特有のじめっとした空気が肌にまとわりつく。灰色の空を眺めながら、伊織の反応を待った。

「だいたい合ってるよ。噂には聞いていたけど、本当に優秀なんだね」

「僕が解いたわけじゃない」

無法律について調べたなら、戸賀の存在も認識しているだろう。

「訂正しておきたいのは、俺と加瀬の関係性くらいだ。あのクリニックを加瀬に紹介したのは俺じゃない」

「じゃあ、彼を警察に突き出さなかった理由は？」

着ぐるみに閉じ込められたにもかかわらず、温情で見逃したというのか。

「俺の父親が、クリニックの院長だから」

「えっ？」

僕の反応を見て、伊織は満足そうに微笑んだ。「想像もしないよね。父親のクリニックを陥れようとしていたなんて」

「さすがに予想外。その二重瞼は……」

「生まれつき」

父親が勝手に糸を埋め込んでいなければ、と伊織は付け足した。

「加瀬くんのは？」

「後付け」

加瀬智也は、伊織の父親が経営する千手《せんじゅ》クリニックで埋没法の二重手術を受けたが、医療用の糸が角膜を傷つけてしまい視力が低下した。伊織はロースクールで加瀬に呼び出されて、彼の身に何が起きたのかを聞かされたという。

「院長の息子が同級生だと、加瀬くんは知ってたの？」

「俺が医学部からロースクールに進学したのも含めて、有名な話だからね」

他学部出身とは言っていたが、医学部だったのか。医師国家試験の合格率は九割を超えているが、司法試験の合格率は約四割だ。

狭き門の医学部に入学したにもかかわらず、ロースクールに進学するのは、かなりの変わり種だろう。

「僕は知らなかった」

「古城くん、名前と顔が一致している同級生どれくらいいる？」

交友関係に難があることは自覚しているので、質問には答えず話の先を促した。

「クリニックに責任を追及しても、取り合ってくれない。打つ手がなくなって、何とかしろと息子に詰め寄った。そんな感じ？」

「泣きつかれたという方が近いかな。整形が原因だから親に相談することもできなかったみたいでさ。俺が間に入ったところで、父親の対応が変わるとは思えない。どうしたものかとしばらく考えて、あの計画を思い付いた」

自分が被害者となって、父親のクリニックを追い詰めるための事件を起こす――。そこからの流れは、戸賀が語った内容とほとんど合致しているようだ。

「協力しただけじゃなくて、計画も君が立てたの？」

「うん。加瀬は、俺の指示通り動いただけ」

「損害の賠償を求めたんだよね」

「あそこまで拡散されてようやく、父親は加瀬の要求を呑《の》んだ。失敗した糸を取り除いて、くっきり二重瞼に仕上げてから、角膜の治療費も色を付けて支払った」

加瀬智也にとっては、最善に近い結末と言えるだろう。

「一歩間違えれば、クリニックが炎上していたかもしれない。そこまでして彼を助けようとした理由は？」

「父親の暴走を止めるため」

伊織は、ポケットから煙草を取り出してライターで火をつけた。僕は風下にいたので、紫煙を避けるように立ち上がった。

「構内は全面禁煙じゃなかった？」

「携帯灰皿があれば、テラスは喫煙可能」

違う場所にすればよかったと後悔した。煙草は苦手だ。

「暴走を止めるって、どういう意味？」

「興味を持ってくれたみたいで嬉《うれ》しいよ。無法律が信用できることもわかった。正式に依頼したいんだけど、引き受けてくれる？」

伊織は座ったまま煙草を咥《くわ》えて、僕を見上げている。

「親子関係が相談事項ってこと？」

「察しが良い。でも、親子というより一族かな。村瀬一族のごたごた」

自分の苗字が嫌いだと、伊織は言っていた。以前に、血が繋がった母親との縁を切りたいと相談してきた女子大生がいたことを思い出しながら、僕は訊いた。

「会社法は得意？」

「足を引っ張らない程度には」そう伊織は答えた。

「課題の公平な作業分担。それと……、僕の前では煙草を吸わないこと。二つの条件を吞むなら引き受ける」

「交渉の余地は？」

「煙草についてはなし」

対価を受け取るわけではないので、無法律の運営指針には反しない。

伊織は、名残惜しそうに携帯灰皿の蓋《ふた》を押し開けた。

2

戸賀に会ってみたいと伊織が言い出したので、具体的な相談内容は無法律のゼミ室で聞くことになった。ロースクール生が依頼者なら、僕の法律知識よりも戸賀の雑学や閃《ひらめ》きの方が役に立つだろうと思い、二人で歩いて法学部のキャンパスに向かった。

ゼミ室にいるか戸賀にメッセージで訊いたところ、『暇を持て余して悶《もだ》え死ぬところでした』と数秒後に返ってきた。念のために『村瀬伊織を連れて行くけど驚かないように』と送信しておいた。戸賀はおそらく、伊織が女性だといまだに勘違いしている。

法学部棟が見えてきても、雑談が大きく盛り上がることはなかった。

「文系キャンパスに来たのは初めて？」

「学園祭以来かな」

フットサルサークルで豚汁を売っていたと、伊織は続けた。

「僕が戸賀と初めて話したのも、学園祭だった」

「へえ。ナンパでもしたの？」

「向こうからゼミ室に押し掛けてきた」

あれからまだ一年も経っていないのか。ずっと前の出来事のように感じる。

ゼミ室の扉の前に、黒い招き猫が置かれていた。大小二匹で、掲げている手が左右異なる。どこで手に入れて来たのだろう。余計なものを招いている気がしてならない。

「じゃあ、入ろうか」

扉を開くと、膝《ひざ》まで隠れるオーバーサイズのパーカーを着た戸賀が、「ようこそ。お待ちしていました」とソファで僕たちを出迎えた。

「ローの同級生の村瀬伊織くん」

「なるほど……」

僕と伊織を交互に見てから、戸賀はおもむろに口を開いた。

「全てを察しました」

「何の話？」

そう伊織に訊かれたが、「気にしなくていい」と答えた。

前もって連絡したからか、こころなしか部屋が片付いているような気がする。抜き打ちで来ると、食べかけのスナック菓子や飲みかけのペットボトルが放置されていることがある。本格的な夏に突入する前に、厳重注意しなければならないと思っていた。

「密室法廷事件の被害者さんが、どうして無法律に？」

訝《いぶか》しげに戸賀が尋ねた。

「相談したいことがあるんだってさ。綾芽は？」

「就活で東京に行ってます」

「そうなんだ」順調に選考が進んでいるのだろうか。

僕と伊織もソファに座り、相談を受けるに至った経緯を伝えた。伊織が千手クリニックの院長の息子だと明かすと、戸賀は身体をのけぞらせた。

「なんと。その発想はありませんでした」

「百戦錬磨の無法律でも驚いてくれるんだね」

「親子クーデターは、さすがに未経験です。お父さんは、首謀者が伊織さんだと知ってるんですか？」

「バレてないと思う」涼しい顔で伊織は答えた。

「私たちも、口を滑らせないように気を付けないといけませんね」

「今のところ、加瀬以外だと二人にしか話していない」

「それほど古城さんを信用してるんですか?」

ロースクール内で言葉を交わした記憶すら、ほとんどない。

「今回の相談内容に関わってるから、覚悟を決めて打ち明けた」

「ふむふむ。不承不承ということですね。それで……、どんなトラブルに巻き込まれているんですか?」

親子というより一族のごたごただと、伊織はテラスで言っていた。

「父方の祖父が、二カ月前に亡くなったんだ」

「……ご愁傷様です」

「祖父も医者だった。この街で診療所を開いて、地元の名医として住民にも慕われていた。祖父の葬儀には、たくさんの参列者が集まったよ」

古城家を法曹一家とするならば、村瀬家は医師一家だった。

享年七十八。伊織の祖父——村瀬秋吉《あきよし》は、第二次世界大戦が終結する前年に生まれた。大学を卒業してから県内の診療所で数年働いた後に、千手診療所を開院した。

専門としていたのは、事故や遺伝、病気などによって生じた身体の変形や欠損を、外見も含めて機能的に再建することを目的とした形成外科。火傷《やけど》、腫瘍《しゅよう》、顔の変形、ケロイドなど、診療の対象となる疾患は多岐にわたるが、秋吉が実績を残したのは、〝先天異常〟に分類される患者の治療であったらしい。

「先天異常?」戸賀が訊いた。

「唇が裂けている、瞼が黒目を覆っている、耳が極端に小さい、複数の指が癒合している、とかだね。そこに、生まれつきって要素が加わったのが、先天異常」

「なるほど」

「当時の日本の医療技術だと、満足のいく治療を施せる例の方が少なかった。だけど祖父は、海外の医学文献を参考にしながら、全力で患者と向き合った」

「立派なおじいさんだったんですね」

質問や相槌《あいづち》は、ひとまず戸賀に任せることにした。

「うん。尊敬していた。一報を受けた後、病院で遺体を見たけど、簡単には受け入れられなかったよ」

「病気だったんですか?」

「突然死。不整脈で心停止を引き起こした」

「心臓の病気ですよね」

「脈拍が異常に速くなって、体内の血液の循環が滞った。そのまま、心臓が痙攣《けいれん》したような状態になって停止してしまった。医師からは、そう説明を受けた」

元医学部生だけあって、伊織はよどみなく祖父の死因を明らかにした。

「事件性はないんだよね」

僕から伊織に尋ねた。相談内容を明らかにしたかったからだ。

「病死なのは、ほぼ間違いない。でも……、気になる点がいくつかあった。もう少し、祖父の死について語らせてくれないかな」

「どうぞ」戸賀がすぐに答えた。

「五年くらい前に、祖父は不整脈で入院したことがあった。そのときに、主治医から飲酒を控えるよう注意されていた。アルコールは脈拍数を増加させるから、重篤な結果を招くかもしれないと釘《くぎ》を刺されていたんだ。それ以降、少なくとも俺が見ている前では、祖父が酒を口にすることはなかった」

「今回は、飲酒が原因だったんですか？」

「ウイスキーのボトルをほとんど一本空にしていた。短時間で多量のアルコールを摂取したことで、致死性の不整脈を引き起こしたらしい」

禁酒を続けていたにもかかわらず、飲酒が原因で命を落とした。そこに伊織は引っ掛かりを覚えているのか。

「ショックな事件でもあったんですかね」戸賀が言った。

「よほどのことがなければ、酒には手を出さなかったと思うんだ」

「医者の不養生なんて言葉もありますけど」

村瀬秋吉の人となりを知らないので断言はできないが、飲酒自体がそれほど不自然だとは僕にも思えなかった。戸賀が指摘したような事情があったのかもしれないし、家族の目を盗んでこっそり飲酒を続けていたのかもしれない。

「誰かに無理やり飲まされたとか、そういうことを考えてるわけではないよ」

「自宅で倒れていたんですか？」

「うん。自宅のリビング。現役を引退してからは、祖父は一人で生活していた。祖母もいるけど、認知症で介護施設に入居しているから、週末は様子を見に行くようにしていた」

「もしかして……、伊織さんが見つけたんですか？」

しかし、伊織は首を横に振った。

「その日は土曜日だった。祖父の家に行こうと準備をしていたら、昼過ぎに父親から電話がかかってきて、祖父の死を知らされた。クリニックの営業を開始する前に、祖父と話がしたくて家に寄ったら、リビングで倒れていたらしい」

「そんな時間からお酒を飲んでいたんですか？」

「いや、死亡したのは前日の夜中。発見した時点で半日以上経っていた」

「ああ……、なるほど」

村瀬秋吉は、大学病院に運ばれて死亡が確認されたらしい。変死体なので解剖が実施され、先ほど伊織が話した死因が明らかになったのだろう。

「ありふれた病死だと思ってるよね」

「そんなことはないですけど」

「祖父は、折り畳まれた便箋《びんせん》を右手に握っていた」

「便箋？」

不意打ちを喰《く》らったように、戸賀は口をぽかんと開けた。

「大学病院の医師が教えてくれたんだ。死後硬直が進んでいたから、手の平に収まったまま病院に運ばれた。解剖の準備を進めているときに見つかったらしい。くしゃくしゃに丸められていて、死の間際に焦って握り締めたみたいだった」

そこで伊織は、携帯の画面を僕と戸賀に見せて、数秒経ってから訊いた。

「何に見える？」

右下の隅に蓮《はす》の花のようなものが描かれた便箋。その中央辺りに、黒色の線で何かが描かれていた。文字ではなく……、三つの図形で構成されている。

二つは、外側に向かって波打つように広がり、左右対称に近い形で配置されている。

もう一つは、横長の楕円《だえん》が、中心からやや下にズレた位置に配置されている。

シンプルな図形の組み合わせ。その意図は——、

「天使？」
呟《つぶや》くように戸賀が言った。
「僕も天使の羽に見えた。でも……、輪の位置が上下逆じゃないか？」
顔や身体は描かれていないが、三つの図形から最初に連想したのは天使だった。

しかし、羽の位置や形を前提にすると、輪っかは上部に配置するのが自然な気がした。便箋の上下を入れ替えても違和感は解消されないだろう。

「他のものに見えます？」戸賀に訊かれた。

「目と口で、顔とか？」

「どちらかと言えば、目よりゲジゲジの眉毛《まゆげ》ですよ」

「あとは……、なんだろうな」

携帯の画面を表示したまま、伊織は口を開いた。

「やっぱり、天使に見えるよね」

「逆さまの天使ですか……」

戸賀は、伊織の携帯に指を伸ばして、写真の拡大縮小を繰り返している。何を描いたものかも気になるが、それ以前に問題にすべき点がある。

「秋吉さんが描いたのか？」

質問を予想していたかのように、すぐに伊織が答えた。

「わからない。でも、この便箋は祖父が手紙を書くときに使っていた。手紙を書くのが趣味で、俺も何通か受け取ったことがある」

「描いたのがおじいさんだとしたら、意味深ですよね」

戸賀がソファに深く身を沈めながら言った。

天使から死を連想することは難しくない。死者が握り締めていた――、〝逆さまの天使〟。そこには、どんな意図が込められているのか。

「これが気になるポイントその二」

「筆記用具とか便箋は、普段からリビングに置いてあったんですか？」

「テーブルの上の筆記用具入れの中にあった。でも、致死性の不整脈を引き起こしてから、便箋とペンを手に取って天使を描いたっていうのは、ちょっと非現実的な気がする」

戸賀の反応を見ても、伊織の口調や表情は淡々としている。

「実は他殺で、最後の力を振り絞って犯人の名前を記したとか」

「ダイイングメッセージってこと？　さすが、アクロバティックな推理だね」

殺人事件の被害者が死の間際に残したメッセージ……。できれば、その方向には向かってほしくない。戸賀が暴走することが目に見えているからだ。

図形の意図を読み解く以前に、現時点では作成者も明らかではない。

「遺族として、他のアイディアはありますか？」

「思い付いた謎かけを披露してから旅立ったのかもしれない」

伊織が、携帯の画面を見ながら言った。

「遊び心のある人だったんですか？」

「真逆の堅物。人に迷惑をかけることを嫌っていた」

不整脈でもがき苦しんだ際に、近くに置いてあった便箋を偶然握り締めた。現実味がある真相は、その辺りだろう。

それでも、なぜ〝逆さまの天使〟が描かれていたのかという謎は残る。

「気になったことは、他にありませんか？」

「それくらいかな。ちなみに、便箋は三つ折りの折り目が付いていて、図形が内側だった」

「興味深いお話でした」

おそらく戸賀は、村瀬秋吉の死について、さまざまな考察を既に始めているだろう。

「便箋の謎を解いてほしいっていうのが、今回の相談？」

僕が訊くと、「さすがに、そこまでは求めないよ。祖父の死に関係しているのかも、まだわかっていないし」伊織は小さく笑った。

「こんなに詳しく話したんだから、関係はしているんだろう？」

「後日談について、無法律に相談したいんだ」

死亡によって生じる法律問題には、いくつか心当たりがある。

「相続絡み？」

「正解」

相続は、人が亡くなった瞬間に発生する。病死、事故、殺人。全てがトリガーとなる。

そんなことを考えていると、伊織はショルダーバッグの中から封筒を取り出した。玉紐《たまひも》が付いていて、入学書類などの重要な書類が封入されているタイプのものだ。

「祖父は、正式なダイイングメッセージも残していた」

「…………」

「葬儀を終えた後、祖父の書斎からこれが見つかった」

伊織が僕たちの前に置いたのは、二通の便箋だった。右下の隅に蓮のイラストが描かれており、先ほど目を通した〝逆さまの天使〟と同じ便箋だ。

「見ていいの？」

「ああ。そのために持ってきた」

遺言書であることは一読して明らかだが、その内容に僕は困惑した。

二通の便箋には、よく似た文言が書き連ねられている。

しかし、財産の受取人が異なっていた。

3

『遺言者　村瀬秋吉は次の通り遺言する。

遺言者に属する一切の財産は、長男　村瀬良成《よしなり》（昭和四十五年二月七日生）に相続させる。

令和五年四月一日　村瀬秋吉　㊞』

『遺言者　村瀬秋吉は次の通り遺言する。

遺言者に属する一切の財産は、孫　村瀬伊織（平成十年七月三日生）に遺贈する。

令和五年四月一日　村瀬秋吉　㊞』

何度か見比べているうちに、複数の疑問が頭に浮かんだ。

「村瀬秋吉さんが亡くなったのはいつ？」

「四月八日」すぐに伊織が答えた。

「一週間前の日付で、二通の遺言書が作成されていたのか」

死期を予見していなかったのでなければ、驚異的なタイミングだ。不整脈の予兆のようなものが仮にあったなら、飲酒は差し控えるような気もするが……。

「しかも、内容はほとんど一緒」

異なるのは、財産の受取人――、手紙でいうところの宛名だ。

「法定相続人は？」

「祖母と、俺の父親」

「父親に兄弟姉妹は？」

「昭和世代にしては珍しく一人っ子」

次の質問をしようと思ったが、戸賀が先に口を開いた。

「あの、完全に置いてけぼりになっているので、相続の基本的なルールを教えてください。遺贈とかホウテイ相続人とか、ちんぷんかんぷんです」

相続は、法律を学んでいない人でも馴染《なじ》みのある分野のはずだが、戸賀くらいの年齢だとまだ縁遠いものなのかもしれない。

「人が亡くなったら、法律で決められた手続に従って、財産や負債を引き継ぐ必要がある。そのときにまず初めに考えるのが、誰が相続人になる権利を持っているか。相続のルールは民法に定められているから、法定相続人と呼ばれている」

テーブルを指でなぞって漢字を教えた。

「ふむふむ」

婚姻しているか、実子や養子がいるか、親族の中で誰が生き残っているか。

相続人になる権利には優先順位があるため、家系図に似た相続関係図を作成した上で、候補者を選定していくことになる。

「今回の場合は、配偶者と息子が法定相続人になる。それをさっき確認した。相続割合は、二分の一ずつ……。それぞれが、相続財産の半分を受け取る権利があるってこと」

「伊織さんは、相続人じゃないんですか？」

「民法のルールに従うと、孫は基本的に相続人にはならない」

伊織がテーブルの上に置いた便箋を、戸賀は指さした。

「じゃあ、この遺言書は？」

「有効な遺言書が作成されていれば、遺言者の意思に従って財産を割り振ることができる。死後の問題だから、あらかじめ書面で意思表示を行うんだ」

「死人に口なしですね」

相変わらず、僕に対する相槌が雑だ。

「配偶者に三分の二、息子に三分の一。そんなふうに相続割合を変更したり、法定相続人ではない人に財産を残すことも認められている」

「遺言が優先するってことですね」

「うん。今回の遺言書だと、長男はもともと相続人だから『相続させる』、孫は相続人ではないから『遺贈する』と微妙に表現が変わっている。遺贈は、遺言による贈与」

「へえ。そんな違いがあるんですね」

戸賀の理解が追いついたことを確認して、説明を続けた。

「『遺言者に属する一切の財産』と書かれているから、百パーセントの財産を譲り渡す遺言書と理解することになる」

「それだと矛盾しちゃいますよね。二百パーセントで限界突破します」

それぞれに『半分の財産』と書いていたら、遺言書間の矛盾は回避できたはずだ。

しかし、問題の本質はもう一歩先にある。

「矛盾する遺言書が見つかることは、それほど珍しくないと思う」

「そうなんですか?」

戸賀は意外そうに首を傾げた。

「遺言書は、何度でも書き直すことができる。配偶者に全財産を渡そうとしたけど、途中で気が変わって息子に与えることにしても、形式さえ整っていれば何も問題ない」

「熟年不倫が発覚したら、そうなりそうです」

余命宣告を受けているような場合は別だが、遺言書を作成してから死亡するまでに十年以上経つこともざらにあるだろう。アップデートを禁止すると、遺言者の意思に反する相続の結果を招きかねない。

「遺言書が複数見つかった場合は、どう処理すると思う?」

「最新版が勝つんじゃないですか?」

「そのとおり。だから、遺言書には必ず作成日を書く必要がある」

戸賀は、「あっ」と間の抜けた声を漏らした。

「どっちも四月一日だ……」

「時刻の特定までは、法律も求めていない」

「困っちゃいましたね」

同じ日に相反する内容の遺言書が作成されるとは、立法者もさすがに想定していなかったのだろう。朝令暮改を字義通り実行しているようなものだ。

「そのせいで揉《も》めてるんじゃない?」

伊織に訊くと、「的確な解説、ありがとう」お墨付きを与えられた。

作成日が異なっていれば、無効事由が存在しない限り、もっとも死亡日に近い遺言書が優先的に扱われることになる。

「同じ日付だったら、どうなるんですか」

戸賀が、問題の核心を突いた。

かなりイレギュラーなケースなので、僕は即答できなかった。家族法の基本書を探そうと立ち上がりかけたところで、伊織が見解を述べた。

「日付以外の情報から、先後関係を明らかにできれば、後に作成された方が優先する。その判断がつかなかったときは、矛盾する部分が無効になるらしい」

きちんと調べなければ確信は持てないが、無難な解釈であるように思えた。無効になった箇所は、民法の原則に従って処理されることになるはずだ。

戸賀はパーカーの紐を指先に巻きつけながら、大きく頷《うなず》いた。

「だいたい理解できた気がします。ところで、この遺言書は本当におじいさんが書いたものなんですか？　ぱっと見た感じは同じ筆跡に見えますけど……」

「筆跡鑑定で祖父が書いたものだと判断された」

「どちらも？」

「うん。細部が異なるから、複写した可能性も否定できるらしい」

筆跡鑑定まで実施していると聞いて、僕は少し驚いた。伊織も村瀬良成も、自分が財産を受け取る権利があると主張して、白黒つけようとしているのだろうか。

相続を巡る骨肉の争い。想像しただけで息がつまりそうになる。

「どうして、こんな面倒な遺言書を残したんですかね」

「とんだダイイングメッセージだよ」

「理由を説明する手紙とかは？」

「何も見つかっていない」

突然死に見舞われたため、中途半端な終活になってしまったのかもしれない。

「謎多き死ですね」

「そこで、祖父の真意を解き明かしてほしいんだ」

ようやく伊織の依頼内容が明らかになった。

書斎で発見された、二通の遺言書。作成日付は同一だが、一方は息子に、他方は孫に全財産を譲り渡すという、互いに相容《あいい》れない内容だった。

遺言者である村瀬秋吉は、作成日の一週間後に、不整脈が原因で死亡している。

遺体が握っていたメッセージ、直筆の遺言書……。

一体、どこから手を付ければいいのか。

「親族間の確執とか、資産状況とか、踏み込んだ質問をしなくちゃいけない。僕たちに、そこまで話せるの？」

「隠すようなことは何もないよ」

断る口実もなくなってしまった。しかも、今回は珍しく真っ当な法律相談だ。

関連条文を思い浮かべながら、事実関係を確認していった。

「ざっくりでいいけど、相続財産はどれくらい？」

「いきなりお金の話ですか」

戸賀が目を細めた。

「相続とは切っても切れない関係だから」

伊織はためらうこともなく、具体的な金額を口にした。

「二千万円くらいの預金と、祖父の家と千手クリニックの敷地建物。めぼしい財産はその辺り。

不動産の価値は査定中だけど、どっちも数千万円の値は付きそう」

「病院の所有権、秋吉さんに残したままだったんだね」

「さすが。目の付け所が良い」

「形成外科から美容整形に方向転換した経緯も気になってた」

密室法廷事件の謎解きをした際に、クリニックのホームページの内容も一通り確認したが、形成外科に関する記述を見かけた覚えはない。

「千手診療所の看板を掲げていた頃は、美容整形には手を出していなかった。祖父が父親に経営を任せてから、一気に舵《かじ》を切ったんだ。祖父を頼って通院していた患者を切り捨てて、脂肪吸引、シリコンバッグ豊胸、二重整形で荒稼ぎを始めた。高額な機器を買い揃えて内装もフルリフォーム。いつの間にか、千手クリニックに名前も変わっていた」

「そこで院長が替わったのか」

「住民に浸透している『千手』の看板は使い続けたり、理事長として祖父の名前をホームページに記載している辺りは、面の皮が厚いあの人らしい」

伊織が父親に嫌悪感を抱いていることは、これまでのやり取りから明らかだ。

「美容整形って、そんなに儲《もう》かるんですか?」戸賀が訊いた。

「形成外科と美容整形の違いってわかる?」

「むしろ、ぜんぜん違うものだと思っていました」

身体の変形や欠損を外見も含めて機能的に再建するための治療を行うのが形成外科だと、伊織は言っていた。概要は理解できたが、具体的なイメージは僕も摑《つか》めていなかった。

「鼻先を高くしてだんご鼻を解消する施術は、どっちだと思う？」

「整形ですよね。友達が受けたいと言っていました」

「鼻づまりを解消するための施術だったら？」

「うーん……。整形かな」

「呼吸ができないくらい、鼻の形が歪《ゆが》んでいた場合は？」

「さすがに形成外科ですか？」

戸賀は首を傾げている。両者の区別が難しいことは、今の問答でわかった。

「正式な病名がつく場合は形成外科。異常がない部分にプラスアルファの施術を行う場合は美容整形。正確な定義ではないけどね。美容整形も形成外科の一つのカテゴリーと理解している人もいるし、ケースバイケースだったりもする」

「豊胸とか二重は、明らかに整形ですよね」

鼻を高くする施術とは異なり、胸を大きくしたり瞼に線を刻まなければ日常生活に支障をきたすような病気は、確かにぱっと思い浮かばない。

「うん。病気であることに限定する形成外科とは違って、外見のコンプレックスは多くの人が抱いている。だから、美容整形の方が圧倒的に市場が大きい」

「整形の広告はよく見かけます」

「それに、自費診療の美容整形は、料金も基本的に自由に設定できる」

保険診療は、国の財源が関わるため、料金設定の裁量は認められていないらしい。

「私も虫歯になったときに、保険診療の銀歯と自由診療のセラミックを提案されて、値段の違いにびっくりしました」

奥歯だから銀歯にしましたと言って、戸賀は右頰の下側を触った。

「どっちの方が儲かるか、わかった？」

「でも、整形が必ずしも悪とは言い切れませんよね。大金を払ってでも施術を受けて、綺麗《きれい》になりたいと望む人がいるのは事実なわけですし」

「整形業界全体を敵に回すつもりはないよ。説明義務を果たす、アフターケアを怠らない、患者と誠実に向き合う……。自由診療だからって、何でもありなわけじゃない」

語気を強めた伊織は、一呼吸おいてから薄く笑った。

「ネットの口コミを見れば、どんなクリニックかだいたいわかる」

「この前の事件のときに、一通り目を通しました」

「金儲けにしか興味がないんだ、あの人は。祖父とも何度も口論になっていた。祖父が引退しても病院の所有権名義を移さなかったのは、最後の切り札にするつもりなんだと思ってた。いざとなったら歯止めをかけられるように」

千手クリニックの実態も気になるところだが、今回の依頼内容に関係しているのかはまだわからない。

「相続について、秋吉さんから何か説明を受けたことは？」伊織に訊いた。

「俺は何も聞いていない」

「じゃあ、遺言書を見つけたとき、どう思った？」

二通の遺言書を見つめながら、伊織は答えた。

「驚いたよ。父親に全財産を残すなんて、あり得ないと思ったから」

「――そっちか」

孫に対する遺言書が優先すると判断されれば、伊織のもとに大金が転がり込むことになる。本人の前では口にしないが、伊織の言い分を鵜呑《うの》みにすることはできない。

そこで戸賀が、「おばあさんが可哀そうだなと思ったんですけど、夫婦仲が悪かったんですか？」と疑問を口にした。

確かに、法定相続人である配偶者に対する遺言書は、発見されていないようだ。

「脳血管の病気を患っていて、あまり長くなさそうなんだ。祖父もそれがわかっていたから、祖母には財産を残さなかったんだと思う」

「そういうパターンもあるんですね」

テーブルに並べられた遺言書に、僕は改めて目を通した。

「どっちが先に作成されたのか、ヒントになりそうなものは？」

「何もなくてさ。作成日の四月一日は祖父の家にも行ってない。どうして、こんな遺言書が出てきたのか、さっぱりだよ」

筆跡鑑定を実施しているので、二通の遺言書は実際に村瀬秋吉が作成した可能性が高い。しかし、本人の意思が反映されているのかは、別の問題だ。極論を言えば、刃物か何かで脅されて無理やり書かされたのかもしれない。

「父親とは何か話した？」

「遺言書のことは忘れろの一点張り。話し合いで決着がつくとは思えない。俺は、祖父の本心に従いたい。都合の悪い事実が出てきても、ちゃんと受け止める」

どちらの遺言書が後に作成されたのか。そこを明らかにするのが、最短の解決策だろう。

ここから先は、法律論ではなく事実認定が重要になる。

「秋吉さんが握っていたのと、同じ便箋だよね」

「うん。リビングに残りの便箋があったから持ってきた」

伊織は遺言書の隣に、何も書かれていない便箋の束を置いた。上部にミシン目が入っていて、一枚ずつ切り離して使うようだ。

ぱらぱらと捲《めく》ったが、右下の決まった位置に、やはり蓮のイラストが描かれていた。

隣から戸賀の手が伸びてきて、便箋の束を持ち上げてしげしげと眺めている。

「なるほど、なるほど」

「何かわかった?」伊織が訊いた。

「絶賛、考え中です。ところで、これはコピーですか?」

二通の遺言書を戸賀は指さした。

「俺宛てのは原本。父親宛てのはコピー。父親宛ての原本は、本人が厳重に管理しているから持ち出せなかった」

「逆さまの天使の便箋は?」

「俺が保管してるけど、今日は持ってきてない」

「ふむ。遺言書のコピーを取らせてもらってもいいですか?」

「もちろん」

購買にコピー機があると言って、戸賀は席を立った。

「噂通り、変わった子だね」

「今日は落ち着いてる方だよ」

真相に近づくほど、思いも寄らない行動をとるようになる。

約十分後――。戸賀は、コピーした遺言書を左手に、鉛筆を右手に持って戻ってきた。

そして、突飛な行動で、遺言書の先後関係を明らかにした。

4

学食で電話をかけると、露骨に不機嫌そうな声色で綾芽が通話に応じた。

『おかけになった電話は現在就活中です』

「斬新《ざんしん》なメッセージだ」

『小汚いホテルで心身を休めていたんです。緊急の用事ですか』

「ダイイングメッセージ絡みの相談を受けたんだ」

綾芽なら、その一言で興味を持つだろうと予想していた。

『無法律で？』

「しかも、遺言書の謎までセット」

『ずるいなあ。詳細をどうぞ』

狭義のダイイングメッセージである可能性は低いし、直接の依頼内容は遺言書の真相解明だが、嘘をついたわけではない。〝逆さまの天使〟が発見された経緯を説明すると、綾芽は小さく唸《うな》った。

『なんと……。想像以上の内容です。写真はないんですか』

「今度会ったときに送ってもらうよ」

『それにしても、密室にダイイングメッセージって――。その家系、ミステリ作家の怨霊《おんりょう》に取り憑《つ》かれているのかもしれませんね』

密室に関しては伊織が作り出したものなので、一概に比較はできない。

「死の間際、最後の力を振り絞って、犯人を特定するためのヒントを残そうとする。でも、犯人がまだ現場に残っていて、直接的なメッセージを残すと消されてしまう可能性が高い。そういう葛藤《かっとう》を経て現場に残されるのが、ダイイングメッセージであってる？」

『王道は、そんな感じですね』

「意味不明な記号だから、放置しておけばいいだろう。犯人の心理として楽観的すぎる気がするんだけど、普通は念のために処分すると思わない？」

既に犯人が現場を立ち去っているなら、今度は暗号に変換する意味がなくなる。

『だから、現実の事件では、なかなかお目にかかれないんですよ』

「ミステリ小説だと、その辺りの理由は説明されないの？」

『床に直接書かれていて消せない。上書きすると怪しまれる事情がある……。メッセージを生き残らせるために、作者も知恵を絞ります』

「今回は、便箋を持ち去るだけで、簡単に痕跡《こんせき》を消すことができた」

〝逆さまの天使〟がダイイングメッセージだと仮定して、話を進めることにした。不整脈を作為的に引き起こす方法があれば、その可能性もゼロではない。

『捜査を攪乱《かくらん》するために、偽造したメッセージをあえて残したのかもしれません』

「偽造？」

『もともと別の図形が描かれていて、犯人が線を描き足したとか』

「それもそれで、結構なリスクを冒してるんじゃないか」

筆記用具や便箋に指紋が付着していたら、致命傷になりかねない。やはり、便箋ごと持ち去る方が手っ取り早かったはずだ。

『あとは、事件を通じて世間にメッセージを伝えようとしているとか』

「病死として処理されていて、報道される気配もない」

『それは結果論でしょう』

「主義主張があるなら、明らかに他殺だってわかる方法で命を奪うと思う」

『難癖をつけるのが上手ですね』

一方で、死の間際のメッセージという考え方には、興味を引かれた。

不特定多数の人々に対して、信念や思想を伝えようとしていたとは思えない。三つの図形の組み合わせでは、解釈の余地が残されすぎているからだ。

だとすれば、前提知識がある特定の人間にだけ伝わるメッセージ……。

二通の遺言書のように、財産の受取人が指定されていたのか。

「また続報を伝えるよ」

『生殺し状態で面接をとちったら、古城さんを恨むことにします』

「健闘を祈る」

『はいはい。あっ、そうだ』

「なに?」

『東京土産の希望、夏倫に聞いておいてください。どうせ近くにいるんでしょう? お見通しですよ。じゃ、そういうことで』

通話が終了したのを確認してから、携帯をテーブルの上に置いた。スピーカーモードにしていたので、耳をそばだてている戸賀にも聞こえていたはずだ。

「だってさ」

「東京限定のお洒落《しゃれ》スイーツがいいです」

「直接伝えなよ」

「私が話すと、雑談が長引いて綾芽ちゃんに迷惑を掛けそうだったので、お任せしました。古城さんが相手なら、手短に会話を終了させると予想したわけです」

「ああ、そう」

僕はサバの味噌煮《みそに》定食、戸賀は納豆カレーをそれぞれ完食してから、湯呑《ゆのみ》にお茶を注いで先ほどの相談内容を振り返っていた。伊織とは法学部棟を出たところで別れた。

「天使以外の解釈があるか、綾芽ちゃんにも訊いてみたいですね」

「一応言っておくけど、逆さまの天使の謎解きは、依頼内容に含まれていない」

釘を刺しておいた方がいいだろう。近くに学生や職員が座っていないテーブルを選んだので、会話の内容を聞かれる心配はなさそうだ。

「無関係とも限りません」

「どっちの遺言書が後に作成されたのかは、もうわかったじゃないか」

「あれだけで証明できますか？」

「主張の組み立て方次第」

「伊織さんは、がっかりしているかもしれませんね」

戸賀は、鉛筆一本で、村瀬秋吉の生前の行動を浮かび上がらせた。

ゼミ室に戻ってきた戸賀が手に取ったのは、遺言書ではなく、白紙の便箋だった。いや、白紙に見えていただけで、そこには重大なヒントが隠されていたのだ。

「どうやって気付いたんだ？」

「遺言書を見て、達筆だけど筆圧が強いなと思いました。それで、下の紙に痕跡が残ってるかもしれないと閃いたわけです」

便箋の束は、上部にミシン目が入っており、一枚ずつ切り離して使用することができた。文章を書き終えてから切り離していた場合、二枚目以降の紙を下敷きのように使うことになるので、戸賀の言う通り筆圧次第では痕跡が残る可能性があった。

「鉛筆で擦《こす》れば、復元できると考えたと」

「高校の美術の授業で、フロッタージュって習いませんでした？」

「書道選択だった」

僕が通っていた高校では、音楽、美術、書道の中から、一つを選んで取り組んでいた。

「確かに、古城さんは書道家っぽさがありますね。達観しているというか」

「フロッタージュっていうのは？」

戸賀は、ポケットから出した小銭の上に紙ナプキンを重ねた。

「葉っぱとか硬貨に紙を重ねて、上から鉛筆で擦ると、表面のでこぼこが模様みたいに写し取られます。その模様の組み合わせで作品を作る技法がフロッタージュです。今回の遺言書の復元も、基本的には同じ仕組みだと思います」

「見事な復元だったよ」

ゼミ室で見た光景を思い出す。一番上の便箋を戸賀が鉛筆で擦ると、文字が断片的に浮かび上がった。筆圧で紙が凹《へこ》んだ箇所は黒く染まらず、はっきり読み取ることができた。『遺言』、そして『村瀬良成』という文字が見つかり、僕たちは顔を見合わせた。

「名前の近くを擦っているときが、一番ドキドキしました」

「二通の遺言書は同じ便箋を使っていた。未使用の便箋の束の一番上の紙に、『村瀬良成』という文字が浮かび上がった。普通に考えれば、村瀬秋吉が最後に書いたのは息子に対する遺言書だったことになる」

伊織も同じ結論に至ったようで、表情を曇らせていた。少なくとも、彼にとって好ましくない証拠であることは間違いない。

「普通に考えないと、どうなりますか？」

「二枚下の紙が凹むくらい筆圧が強かったとか」

「ルーズリーフで試しましたが、紙が破れるくらい力を入れないと、二枚下には痕跡が残りませんでした」

それに、と戸賀は続けた。

「見せてもらった遺言書の文章以外の文字は、浮かび上がっていません」

全面を鉛筆で擦ってから遺言書と見比べたが、合致しない文字は見当たらなかった。

「息子に対する遺言書を書いた後に、あらかじめ切り取って保管していた白紙の便箋を使って、孫に対する遺言書を書いた。これだと、遺言書を作成した順番は逆になる」

「そんなトリッキーな書き方をした理由は？」

「筆圧が強いことを自覚していたなら、どっちも切り離してから書くだろうしね。片方だけそうしたっていうのは、苦しい説明だと思う」

検討を重ねていくほど、戸賀が鉛筆で浮かび上がらせた『村瀬良成』の四文字が、大きな意味を持っていることに気付かされた。他にも例外的な作成経緯は幾つか思い付くけれど、どれも憶測や言い掛かりの域を出ない。

村瀬良成に対する遺言書の方が優先すると判断された場合、伊織は祖父の遺産を一切受け取ることができなくなる。

「ところが、的外れとも言い切れないんです」

「えっ？」

無理筋だと思いながら話していたので、予想外の反応に驚いた。

「おじいさんが、文章を書き終わってから便箋を切り取っていたとしましょう。それだと、直前の便箋に書いたのは、息子の良成さんに対する遺言書になりそうですよね」

「そう話したつもりだけど」

「じゃあ、逆さまの天使はいつ描かれたんでしょう」

質問の意図を理解するのに数秒掛かった。

「……あれ」

「冷静に整理すると、少しおかしいんです」

遺言書も、〝逆さまの天使〟も、右下の隅に蓮のイラストが描かれた便箋が用いられていた。使用された順番を考えるべき便箋は、二枚ではなく三枚だった。

遺言書の作成日付は四月一日で、村瀬秋吉が死亡したのは四月八日だ。

「亡くなった日……、四月八日に描いたんだと思ってた」

「遺言書を書いた後のはずですよね」

村瀬秋吉は便箋を手に握って倒れていた。いつミシン目から切り取られたのか。

「つまり――」

混乱する頭を整理しながら続けた。

「孫に対する遺言書、息子に対する遺言書、逆さまの天使の便箋、さっき鉛筆で擦った白紙の便箋……。この順番で並んでいたってことだよね？」

「その順番が正解だとすると、息子の遺言書の文字の痕跡が、二枚下の紙にまで残っていたことになります。さっきも話したとおり、便箋を破るくらいの勢いで書かないと、二枚下の紙は凹みません」

「ああ、そうか」

　頭の中で便箋の順番を入れ替えてみたが、納得できる答えには行きつかなかった。

「二枚貫通の可能性を否定するなら、今度は逆さまの天使の便箋がどこから現れたのかが、問題になります。ミシン目から切り取った便箋が、どこかで保管されていたのか……。そもそも、作成の順番がズレているのか」

　筆跡鑑定によって、遺言書が村瀬秋吉の直筆であることは確定している。しかも、作成日付は四月一日と明記されているのだ。

　あらかじめミシン目から切り取られた〝逆さまの天使〟を描いた便箋が、テーブルの上に置かれていた……。やはり、そう理解するのが自然であるように思える。

「だから、逆さまの天使に拘《こだわ》っているのか」

「どうすれば、この問題を解決できると思いますか?」

　少し考えてから、僕は戸賀の問いに答えた。

「お手上げ」

「相変わらず諦めるのが早いですね」

　戸賀を睨《にら》みつけたが、どこ吹く風で微笑み返された。

「まあ、地道に頑張りましょう」

5

便箋の〝フロッタージュ〟によって、村瀬良成に対する遺言書が最新版であった可能性が一気に高まった。この事実を受け入れた場合、被相続人の孫である伊織が遺産を受け取る目はなくなるが、まだ一つだけ勝ち筋が残っていた。
——相続欠格事由である。

民法八百九十一条

次に掲げる者は、相続人となることができない。

一　故意に被相続人又は相続について先順位若しくは同順位にある者を死亡するに至らせ、又は至らせようとしたために、刑に処せられた者

二　被相続人の殺害されたことを知って、これを告発せず、又は告訴しなかった者。ただし、その者に是非の弁別がないとき、又は殺害者が自己の配偶者若しくは直系血族であったときは、この限りでない。

三　詐欺又は強迫によって、被相続人が相続に関する遺言をし、撤回し、取り消し、又は変更することを妨げた者

四　詐欺又は強迫によって、被相続人に相続に関する遺言をさせ、撤回させ、取り消させ、又は変更させた者

五　相続に関する被相続人の遺言書を偽造し、変造し、破棄し、又は隠匿した者

被相続人の殺害、事件の隠蔽《いんぺい》、詐欺や強迫、遺言書の偽造や破棄……。

相続の秩序を歪めるような行為に及んだ者は、相続権の剝奪《はくだつ》という重い制裁を科される。その中で僕が着目したのは、詐欺や強迫による相続欠格事由だった。

どうして、同一日付で二通の遺言書が作成されたのか？

気が変わったのではなく、誰かが外部から働きかけたのだとしたら――。

騙《だま》されたか……、あるいは脅されたので、二通目の遺言書を書かざるを得なかった。あり得そうなストーリーだと思ったし、検討する価値はあると判断した。

ゼミ室で話を聞いた翌日、ロースクールの自習室で会社法の課題の下調べをしていると、伊織からメッセージが届いた。

『今回の件と関係があるのかはわからないけど』

――そう前置きをした上で、長文の情報共有が続いた。

祖父の遺体が発見される約一週間前に、千手クリニックのホームページにアクセスしたとこ

ろ、トップページに『リニューアル中』と表示されていたらしい。

後日、改めてホームページを確認すると、改修作業は既に終了していた。デザインやコンテンツに大きな変化があったわけではなく、定期的なメンテナンスが行われたと伊織は理解したという。

遺言書の作成日付に近接した出来事だったことを思い出し、何か関係しているのではないかと考えるに至った。

気になる情報ではあったが、『リニューアル中』の表示のみでは、想像を膨らませることも難しい。

伊織に心当たりがないか訊いても、めぼしい情報は引き出せなかった。

リニューアル前後のホームページを見比べる方法があれば、変更箇所を明らかにすることができる。

あれこれ調べているうちに、ホームページを過去に遡《さかのぼ》って閲覧できるサービスを知った。詳しい仕組みは理解できなかったが、URLを入力して実行ボタンを押すだけで、数十秒後には更新履歴が表示された。

四月十七日が最後の更新日となっており、その一つ前が四月二日だった。

伊織の認識とも時期的に整合している。四月二日のリンクをクリックすると、ほどなくして当時のホームページが復元された。

そこからは、忍耐力が要求される地味な作業だった。

現在のページと四月二日のページをパソコンのモニターに並べて表示して、マウスで少しずつスクロールしながら、どこが変わったのか目を通していく。施術内容ごとに手の込んだ紹介ページが作成されているので、膨大な量を確認しなければならなかった。

しばらく経ってから、僕は重大な見落としをしていることに気が付いた。『施術一覧』のタブ内にある『その他』のメニューを見比べると、施術内容が一つ足りなかったのだ。

ＮＩＰＴ――新型出生前診断。

四月二日から十七日までの約二週間、ＮＩＰＴの紹介ページが一時的に削除されていた。時間を掛けて見比べたが、他の変更点は発見できなかった。

ＮＩＰＴとは、どのような検査なのか？　『新型』の意味とは？　なぜ美容クリニックで、『出生前診断』を扱ったのか？　遺言書が作成された直後にページを削除した理由は？

さまざまな疑問が頭に浮かんだ。なじみの薄い分野だったので、基本的なことから手探りで情報を集めていった。すると、多くの業界団体の思惑や信念が絡み合った問題であることがわかった。

『すべての妊婦さんの不安に寄り添います』

そのような謳《うた》い文句で宣伝されているＮＩＰＴは、母体から採った血液を用いて胎児の染色体異常を調べる検査である。

妊娠した女性の血液には、胎盤から漏れ出た胎児の染色体の欠片《かけら》が浮遊している。その染色体の本数を標準値と比べることによって、染色体異常に由来する病気や障害の有無を推定することができるらしい。

ダウン症候群、エドワーズ症候群、パトウ症候群……。聞きかじった疾患もあったが、詳しい知識は持ち合わせていなかった。

従来の検査では、妊婦の腹部に長い針を刺して胎児の細胞が含まれる羊水を直接採取するため、流産を引き起こす可能性があった。一方、採血だけで検査が完了するＮＩＰＴは、流産の危険性がなく妊婦の負担も軽い。〝新型〟出生前診断と呼ばれる所以《ゆえん》である。

さらに、ＮＩＰＴは妊娠初期の十週頃から受けられるので、診断結果を知ってから対応を決めるまでの時間的な余裕も確保できる。

流産のリスクがなく、妊娠初期から実施可能で、結果も信頼できる。

従来の検査に比べると、良いこと尽くめのように思われるＮＩＰＴであったが、日本での導入の兆しが出始めた途端、数多くの市民団体が一斉に反対の声を上げた。

ＮＩＰＴは、〝命の選別〟に繋がるという批判である。

『染色体異常に由来する病気や障害を抱える人々を否定するのか』

『子供を産むか否かの選択権を超えて、子供の質を選ぶ選択権を認めるべきではない』

事実、ＮＩＰＴで陽性が確定した妊婦の中絶率は、九割を超えているという。障害児だと推定された胎児のほとんどが、生を受けることなく母体から排除されているのだ。

出生した後に障害が見つかったからと命を奪えば、当然に殺人などの罪に問われる。

胎児と新生児の間で、命の重みに差異はあるのだろうか。

妊娠初期から実施可能なので、陽性であっても障害児を迎え入れるための準備期間を充分確保できる。そのようなメリットは形骸《けいがい》化しており、検査結果と中絶の有無は、イコールとは言わないまでも、ニアリーイコールで結び付いていた。

ＮＩＰＴが普及して、胎児をふるい分けるマススクリーニングとして一般的に実施されるようになれば、障害児の出生率は現在より格段に下がるだろう。その決断が当たり前のものとして受け入れられたとき、特定の病気や障害と向き合って生きている人々は、何を思い、何を考えるのか。

また、検査結果の信頼性も留意すべき点があるようだ。

『陰性』の検査結果が出た場合、胎児が染色体異常に由来する病気や障害を抱えている確率は〇パーセントに近く、的中率の高さが担保されている。一方、『陽性』の検査結果が出た場合は、妊婦の年齢や染色体異常の内容次第で信頼性にばらつきが生じる。

『陽性』の場合は、羊水検査や絨毛《じゅうもう》検査で診断を確定させる必要があるのだが、ＮＩＰＴの診断結果のみを信じて中絶手術を受けてしまう妊婦が一定数いるらしい。

確定診断を怠った結果、実際には染色体異常がないにもかかわらず、胎児が母体から排除されてしまう――。

『偽陽性』による堕胎は、〝命の選別〟以前の問題であろう。

このようにＮＩＰＴは、主に倫理や道徳的な問題が幾つも指摘され、無制限に普及させるには看過できない危険性を孕《はら》んでいた。

そして、日本産科婦人科学会が中心となってＮＩＰＴに関する指針が作成された後、日本医師会を始めとした主要団体は、指針を尊重する旨の共同声明を出した。

この指針によって、ＮＩＰＴを実施する施設と、検査を受ける妊婦の双方に複数の条件が設けられた。

施設側の条件は、産婦人科医と小児科医の常勤、遺伝の専門外来の設置、陽性が出た場合の羊水検査や絨毛検査の実施可能環境……。妊婦側の条件は、染色体に変異のある胎児の妊娠経験、超音波検査で胎児の染色体異常の可能性があること……。

データを一件ずつ蓄積していく臨床研究としてスタートしたＮＩＰＴは、国も主要団体も医療機関も慎重な姿勢を維持したため、爆発的に普及するには至らなかった。

しかし、ＮＩＰＴの潜在ニーズを目ざとく見抜いて、市場に参入してきた業界が現れた。

それが――、美容クリニックである。

指針はあくまで指針であり、法的な拘束力まではない。産婦人科医らが素直に従ったのは、業界団体に目を付けられるのを避ける意味合いもあったはずだ。懲戒処分を受けたり、専門医の指定を外されると、大きな不利益を被ることになる。裏を返せば、産婦人科の学会指針は、美容外科医に掛ける枷《かせ》にはならない。

他にも、美容クリニックにとって追い風となる要素は、幾つもあった。

個別待合室やパーティションなど、プライバシーへの配慮が行き届いており、他の患者と顔を合わせずに通院できる。もともと女性客が多く、自由診療にも抵抗がない患者が集まりやすい。インターネットを用いた集客とも親和性が高い。

クリニックで実施するのは採血のみであり、検体の検査は別の機関に丸投げできるため、専門的な知識や経験も必要ではない。一件あたりの利益率も高く、倫理や道徳的な問題を無視すれば、ＮＩＰＴは確かに金脈だった。

デリケートな問題を孕んでいるため、産婦人科医が落としどころを探りながら臨床データを集めているうちに、美容クリニックが乱入してきたのだ。

試しに、適当な地域の名称とＮＩＰＴを組み合わせてインターネットで検索したところ、美容クリニックのホームページが検索上位にずらりと並んだ。

千手クリニックも、ＮＩＰＴのメリットばかりをホームページに記載している。年齢制限なし、採血のみでリスクもなし、オーダーメイドで全染色体の検査も可能……。他の美容クリニックのホームページとも見比べたが、似たり寄ったりの内容だった。

その紹介ページが、二通の遺言書の作成日の翌日に削除されていた。そして、約二週間後には、何事もなかったかのように復活して、現在に至っている。

遺言書の作成、ホームページの記事の削除、村瀬秋吉の死、ホームページの記事の復活。これらの出来事が、わずか二十日足らずの間に、連鎖的に起きたことになる。遺言書がきっかけとなったのか、あるいは、その他の事情がまだ隠されているのか。

携帯の着信音が鳴って、パソコンの画面から視線を外した。

電話をかけてきたのは戸賀だった。

『古城さんも、ＮＩＰＴに行き着きましたか？』

「うん。いろいろ調べてたところ」

伊織から届いたメッセージの内容や、ホームページの更新履歴を確認できるサービスは、戸賀とも共有している。やはり、同じ変更箇所に着目したようだ。

『そもそも、NIPTって知ってました？』

「いや、初耳」

『ですよね。私たちには、まだ縁遠い検査なのかもしれません』

「他人事《ひとごと》ってこと？」

『いろんな意味で』

何が言いたいのかわからなかったので、特に反応せず話を先に進めた。

「倫理的に危うい検査みたいだね」

『需要があることは、私でもイメージできます。きっと背中を押してほしいんですよ。結果が陰性なら、ハードな妊娠生活の不安を一つ取り除けるわけですし』

「陽性だったら？」

『子供の質を選ぶな。そういう批判があるみたいですね』

「陽性と中絶が結び付いているのは事実らしい」

『どんな子供でも受け入れる。そんな親がたくさんいると、信じたいものです。でも、強制はできないと思うんですよね。だって、産んで終わりってわけにはいかないじゃないですか。何十年も寄り添わなくちゃいけなくて、それがどれくらい大変な人生なのかは、経験してみないとわからない。少なくとも、私たちに、とやかく言う権利はないですよ』

「縁遠い検査だから？」

『深く考えずに勢いで産んで放り投げるよりは、責任感をもった選択なのでは？』

妊娠週数などの一定の要件を満たせば、適法に人工妊娠中絶手術を受けることができる。一方、出産後に命を奪えば、保護責任者遺棄致死や殺人の罪に問われ得る……。

だがそれは、親から見た違いにすぎない。子にとっては、生きる道を絶たれたという結果に何ら変わりはないのではないか。

「出産によって責任感が芽生える親もいるんじゃないかな」

『芽生えなかったら、地獄ですよ』

一か八《ばち》かで産んでみる……。確かに、その選択こそ無責任だ。

「何が最善だったのかは、親と子で異なるのかもしれない。まあ、僕たちが是非を語るべきじゃないっていうのは同感だけど」

『今回考えるべきは、ホームページからNIPTが削除された理由ですしね』

「何か思い付いてる？」

肯定も否定もせず、戸賀は僕に訊き返した。

『NIPT以外にも変更箇所があったんですけど、気が付きました？』

「いや」

一通りの内容は確認したが、思い当たる箇所はなかった。

『理事長の名前が消えていました』

「ああ、それか。秋吉さんが亡くなったから、削除しただけだろ？」

NIPTの紹介ページは、四月二日にいったん削除され、十七日に復活していた。

逆に理事長については、二日の更新時には手を加えられなかったが、十七日の更新時に名前が削除された。八日の逝去を受けての対応だと思い、深く考えていなかった。

『むしろ、亡くなるまで名前が残っていたのが問題なんです。秋吉さんは、現役を退いていたし、美容整形には一切関わっていなかったんですよね』

「地域住民の信頼を損なわないように、『千手』の名前をクリニックに引き継いで、秋吉さんの名前を理事長としてホームページに掲載した。伊織は、確かそう言っていた」

理事長の名前がホームページに残っていると、何か不都合があったのか。

『秋吉さんは、まだクリニックの経営に関わっている――。そう患者さんが勘違いしても、仕方ない状況だったことになります』

「クリニックに行けば、その誤解は解けるよね。秋吉さんは現場にいなかったんだから」

『通院するまでのきっかけが重要だったんです』

「きっかけ？」

戸賀が何を言おうとしているのか、僕はまだ摑めていなかった。

『ホームページから読み取れる情報は、この辺りが限界です。あとは、秋吉さんの生前の行動を浮かび上がらせるしかありません』

「……どうやって？」

『既に一度やってみせたじゃないですか』

もったいぶって焦《じ》らすこともなく、戸賀は続けた。

『逆さまの天使を擦るんです』

6

一週間後。伊織は、僕をロースクールのテラスに呼び出した。

「いろんなことがわかったよ」

　ぽつぽつと雨が当たっている屋根を見上げながら、伊織は言った。横顔から、疲労の色がうかがわれた。ペアワークの課題で追い詰められているわけではないだろう。

「教えてくれるの？」

「その前に、質問させてほしい。どうして、逆さまの天使を鉛筆で擦れば手紙が浮かび上がるって閃いたんだ？」

　他の学生が姿を現す気配はない。次の講義までの時間を自習室で潰《つぶ》しているのだろう。

「手紙を書くのが秋吉さんの趣味だった。そう言ってたよね」

「ああ。でも、祖父は手紙以外にも便箋を使っていた。あの遺言書だってそうだ」

　便箋だから手紙。そのように安直に連想したわけではなかった。

「手紙には、たくさんのマナーが存在する。時候の挨拶《あいさつ》や拝啓敬具くらいは僕でも知ってるけど、細かなものまで挙げていけばキリがない。その中に、手紙の本文が一枚に収まったとき、あえて二枚以上にするために、白紙を重ねるマナーもあるんだってさ」

「白紙……」

「裏側が透けないように配慮する、もっと書きたいという気持ちを白紙で表す、一枚の手紙は縁切りを連想するるので避ける……。白紙を重ねる理由は、諸説あるらしい。戸賀のおばあさんも手紙を書くみたいで、三つ折りと聞いて思い付いたって言ってた」

封筒に入れる際に三つ折りにするのも、手紙のマナーの一つだと教えられた。

「それだけで？」

「あとは、便箋の順番だね」

〝逆さまの天使〟の便箋が切り取られたタイミングが問題となる理由を、簡潔に伝えた。時系列が込み入っているが、すぐに理解できたようだ。

「そうか……。確かに、最後が父親に対する遺言書だったのはおかしい」

「遺言書の作成日付は四月一日。秋吉さんが亡くなったのは四月八日。つまり、亡くなる一週間以上前に、逆さまの天使の便箋は、ミシン目から切り取られたことになる。その間に、リビングで便箋を見かけたことは？」

「いや、二日に様子を見に行ったけど、気が付かなかった」

テーブルの上に便箋の束が置かれていたのに、それとは別に一枚だけ白紙で保管していたと考えるのは違和感が残る。その時点から〝逆さまの天使〟が便箋に描かれていたなら、なおさら目に留まりやすいだろう。

「一度秋吉さんの手元を離れてから、死亡する直前に戻ってきた。さらに、逆さまの天使は後から描き加えられた。そう考えれば、手紙に重ねる白紙として使われた可能性は残る」

そこで伊織は、小さく頷いた。

「手紙が送り返された。戸賀さんは、そこまで考えてたのか」

手紙、白紙（後に〝逆さまの天使〟）、伊織に対する遺言書、村瀬良成に対する遺言書、戸賀が鉛筆で擦った便箋――。

この順番で並んでいたと仮定すれば、〝フロッタージュ〟の結果とも矛盾は生じない。

「答え合わせは？」

「大正解。祖父が一人の女性に宛てた手紙が浮かび上がった」

「そっか」

「ありがとう。戸賀さんの助言がなかったら、真相はわからないままだった」

白紙を重ねるマナーは、本文が一枚の便箋に収まった場合に適用される。筆圧が均等に分散されていれば、大部分の文章を復元できたはずだ。

「話したくないなら、無理に教えてくれなくても大丈夫だよ」

「ここまでヒントを出してもらったんだ。ちゃんと報告させてほしい」

「わかった。無法律のメンバーにしか話さないから」

女性の名前だけは伏せる――。そう前置きをした上で、伊織は話し始めた。

「手紙の受取人……、Aさんは、三十年近く前まで千手診療所に通院していた。父親の美容整形ではなく、祖父の形成外科の患者だったんだ」

「秋吉さんの……」

「祖父が専門としていた形成外科の分野は、覚えてる？」

「先天異常」

生まれつき、身体が変形していたり欠損している。そういった先天異常の患者の治療に力を入れて寄り添ってきた。ゼミ室で、そう伊織は語っていた。

「生まれつき右耳が小さくて、中度の難聴。祖父は形成外科医として、生まれて間もない頃から、Aさんと向き合ってきた。骨の切除や移植を段階的に行いながら、成長による骨格の変化を見据えて、焦ることなく治療に当たった。日常生活は問題なく送れると判断してからは、経過観察に切り替えたらしい」

それほど前の治療経過を把握している理由が気になったが、いずれ説明がされるだろうと思って遮らないことにした。

「治療は成功したってこと？」

「どこまで改善すれば、完治と評価できるのか。先天異常の場合は、その見極めが特に難しいんだ。スタートラインが、ズレているわけだから。でも、Aさんの予後は良好で、問題が起きない限り通院の必要はないと、祖父は判断した」

「それが、三十年近く前の話？」

「うん。治療が終了してからも、Aさんと祖父は手紙のやり取りを続けていた。Aさんだけが特別だったわけではなく、祖父は患者やその家族のアフターフォローを欠かさなかった。手紙のやり取りは、中学生くらいまで続いた」

現在のAさんの年齢は、三十代後半といったところだろうか。

「それ以降は連絡を取ってなかったの？」

伊織は頷いてから説明を続けた。

「高校、大学。俺たちみたいなモラトリアム期間を経て、Aさんは社会人になった。職場で出会った男性と結婚して――、今年の三月に妊娠が判明した」

「ああ、そういうことか」

ホームページの記載や、戸賀とのやり取りを思い出した。

「高齢出産で、障害児が生まれる確率についても、Aさんはある程度の知識を持っていた。NIPTを受ければ、胎児の染色体異常の有無がわかることも」

出産時の年齢と障害児が生まれる確率の間には、相関関係が認められる。

「それで……、千手クリニックに？」

「出生前診断を受けるべきか、何日も悩み続けたらしい。ハンディキャップを抱えて生きる大変さも、その一方で、人生の価値が障害の有無だけで決まるわけではないことも、Aさんは実感をもって理解していた。もっと情報を集めるためにネットでNIPTについて調べて、千手クリニックのホームページに辿《たど》り着いた」

地域で絞り込むと検索上位に表示されることは、僕も実際に確認した。

「理事長として、まだ秋吉さんの名前が載っていたんだね」

「そこまで調べたのか」

驚いたように、伊織は何度か瞬《まばた》きをした。

「戸賀が気付いたんだ」

「Aさんは、祖父のことを覚えていた。信頼していた医師が理事長を務めるクリニックでも、NIPTを実施している。背中を押された気がしたんだってさ」

一つ息を吐いてから、僕は訊いた。

「結果は？」

「陽性だった」

「——確定診断ってこと？」

「いや、ＮＩＰＴしかＡさんは受けなかった」

ＮＩＰＴで的中率の高さが担保されているのは、検査結果が『陰性』の場合だ。『陽性』の場合は、結果の信頼性にばらつきが生じるため、羊水検査や絨毛検査で診断を確定させる必要がある。

「千手クリニックでは、追加検査を実施する設備が準備されているの？」

「何もない。結果だけを通知して……、それだけだ。産婦人科に繋《つな》ぐことすら怠っている。いきなり陽性の結果が送られてきたら、妊婦がパニクるのは当然なのに」

吐き出すように伊織は続けた。

「カウンセリングで、どんな説明をしていると思う？　検査を受けるか悩んでいる妊婦に、『不安の種を取り除くための検査』、『もし結果が陽性で中絶を選択したとしても、赤ちゃんの魂はお母さんのお腹に残る』、『新たな命を授かったとき、その魂も一緒に宿るはず』。そんな綺麗事を並べ立てて、患者から検査費用を巻き上げることしか考えてないんだ。詐欺師以外の何者でもない」

「落ち着こう」

「ああ、ごめん」

ＮＩＰＴそのものの是非と、美容クリニックで実施することの是非は、別に考える必要がある。一方、伊織が話した内容が事実なら、千手クリニックの検査体制に問題があることは否定できない。

「Aさんは、中絶手術を受けたの？」

「手術は受けてない」

「……どういうこと？」

「ＮＩＰＴの結果にショックを受けて、しばらく寝込んだ後、脱水気味でふらついて転んで、流産した」

「………」

　今度は、僕が言葉を失ってしまった。

「陰性でも陽性でも、Aさんは子供を産むつもりだった。心の準備をするために、ＮＩＰＴを受けたんだ。寝込んだのだって、覚悟を決めるために必要な時間だったのかもしれない。それなのに、取り返しのつかない事態を招いてしまった」

「そのことを……、秋吉さんは？」

「Aさんが、祖父に手紙を出した。住所は、中学生の頃に受け取った封筒に書かれていた。自分の身に起きたことを、Aさんは手紙に書き連ねた。千手クリニックでＮＩＰＴを受けたことも、そのきっかけがホームページの祖父の名前だったことも」

「先に手紙を送ったのは、Aさんだったんだね」

　村瀬秋吉は、かつての患者から受け取った手紙を読んで何を思ったのだろう。

「すぐに祖父は返事の手紙を書いた。それが、逆さまの天使の便箋から浮かび上がった手紙だ。

本来であれば、結果が陽性だった場合の対処も説明しなければならなかった。千手クリニックでは、検査後のフォロー体制に不備があった……。自分は現役を退いていると言い訳の言葉を並べることもなく、責任を認めて真摯《しんし》に謝罪していたよ」

理事長としては正しい対応だったのかもしれない。だがAさんは、村瀬秋吉が自身のクリニックでのNIPTの実施を容認していたと理解したのではないか。

「その手紙を出した日付は？」

「三月三十一日」

二通の遺言書の作成日付の前日だ。

「四月一日に何が起きたのか。僕の考えを話してもいい？」

「聞かせてほしい」

屋根に打ちつける雨音が強くなってきた。

「経営方針を巡って、院長と理事長は言い争っていた。前にそう聞いたけど、NIPTも、その中に含まれていたの？」

「ああ。今回の件が起きる前から、祖父は検査を中止するよう父親に求めていた。先天異常を抱えていても、幸せな人生を歩むことはできる。人生の価値は、他者が決めるべきことではない――。祖父は、以前にそう話していた。ましてや、検査体制が不十分な美容クリニックでの実施を、祖父が認めたはずがない。それでも、父親は聞く耳をもたなかった」

NIPTが潜在的に抱えている問題と、村瀬秋吉の価値観。親子の対立が激化するまでには、相応の事情があったことがうかがわれる。

「そのタイミングで、秋吉さんはAさんからの手紙を受け取った。同じ悲劇を繰り返さないために、何としても千手クリニックでのＮＩＰＴの実施を中止させなければならない。そこで秋吉さんが選んだ方法が、遺言書を用いた説得だった」

「だから、俺を財産の受取人にした遺言書が先に作られたんだな」

どうやら、伊織も同じ結論に辿り着いているようだ。

「病院の所有権は、秋吉さんに残したままだった。経営の実権を握っていても、クリニックが別の人間の手に渡れば、積み上げてきたものを失う。最後の切り札として、遺言書の持つ力は大きかった。クリニックの不動産も含めて、全ての財産を孫に譲り渡す。ＮＩＰＴから手を引かせることが目的だったから、遺言書の存在をすぐに明かした。目の前で、一通目を書いたのかもしれない」

「どっちもあり得そうだ」

「父親の本気を悟って、良成さんはその場で撤退を約束した。一連のやりとりが同じ日に行われたから、同一日付で二通の遺言書が作成された。裏切られたときのために、秋吉さんは一通目も破棄せず保管していた。……こんなところじゃないかな」

遺言書の作成、ホームページの記事の削除、村瀬秋吉の死、ホームページの記事の復活。

これなら、約二十日間の出来事を矛盾なく説明できるはずだ。

「祖父が亡くなってからたった九日で、ホームページを元に戻した。これからも、ＮＩＰＴを実施し続けるつもりなんだ。検査体制は、復活前のまま何も変わっていない」

村瀬秋吉が生きていれば、千手クリニックがＮＩＰＴを再開することはなかっただろう。四月八日に致死性の不整脈を引き起こしたことで、切り札はその効力を失った。

「Aさんは、秋吉さんの手紙を送り返したんだね」

そうでなければ、村瀬秋吉が便箋を握り締めて死亡することはなかったはずだ。

「納得のいく返答は、祖父の手紙に書かれていなかった。祖父を責めてもどうにもならないことは、Aさんも理解していた。検査を受けたのは自分の意思だし、転倒したのは不注意によるものだ。それでも、胎児の死を受け入れることはできなかった。かつての恩人の手紙を手元に留《とど》めておくのも耐えられなくて、送り返したらしい」

「あの図形は？」

伊織の見解を確認した。

「失意のどん底に落とされた絶望を、少しでもいいから理解してほしかった。言葉にすると、止まらない気がして、白紙に逆さまの天使を描いた」

「……失った赤ちゃんか」

「赤ちゃんは、よく天使に喩《たと》えられるよね。それなら、胎児のまま母体から流れ出てしまった命は、どう形容すべきだろうか。無事に産声を上げた赤ちゃんが天使なら、翼を授からなかった赤ちゃんは――」

輪の位置が上下逆のように見えたのは、地に堕《お》ちる天使を表現していたのか。

「秋吉さんは、その意味に気付いたのかな」

「気付かなかったはずがない。ちゃんと悲しみや痛みに寄り添える人だった。だからこそ、抱えきれずに、ずっと断っていたお酒に頼ってしまったんだと思う」

送り返された手紙をテーブルの上に広げて、一人きりのリビングでウイスキーを飲み続ける。〝逆さまの天使〟を眺めながら……。そして、心臓が悲鳴を上げた。

「その話は、Ａさんから聞いたの？」

「うん。ＮＩＰＴのカルテに、住所が書いてあった。追い返されるかもしれないと思ったけど、Ａさんは俺の話を聞いてくれた。祖父の死も知らなかったみたいで、とても驚いていた。手紙を見て来たと伝えたら、何があったのか話してくれたよ」

「流産してからのことも？」

「ああ。祖父に手紙を送り返したことを、Ａさんは後悔していた。祖父が死の間際に便箋を握り締めていたことだけは……、最後まで話せなかった」

「それでよかったんじゃないかな」

村瀬秋吉も、便箋と死を結び付けることは、望んでいないような気がした。

「遺言書と逆さまの天使の答え合わせは、以上だ」

「あとは、後始末をどうするかだね」

雨が当たり続けている屋根を伊織は見上げた。目が潤んでいるように見えた。

「あいつは、祖父の想いを最後まで踏みにじった」

「手紙のこと？」

「送り返された手紙や、Ａさんの手紙が、家の中から消えていた」

村瀬秋吉は、手紙の白紙に使った便箋を握り締めていた。

手紙や封筒は処分して、〝逆さまの天使〟だけ手元に留めた可能性は低いだろう。リビングのテーブルの上に、一式が揃っていたのではないか。

「誰かが持ち去ったんだと思う」

「祖父の遺体を発見した父親しかいないだろ」

右手の中に収まっていたため、あの便箋は処分されなかった。

「批判を恐れたから？」

「相続のことまで見越していたのかもしれない」

伊織を受遺者とする遺言書の存在を認識していたのなら、その可能性は否定できない。

「手紙が見つかっていたら、どうしてた？」

「相続欠格事由を主張したよ」

「想定している欠格事由は、詐欺？」

「ああ。それしかない」

被相続人を騙して遺言をさせた者は、相続人となる権利を失う。優先する遺言書が存在する場合であっても、相続権を剝奪されればレースから排除される。

「二通目の遺言書を作成した際に、どんなやり取りがあったのか次第だよね」

「ＮＩＰＴを二度とクリニックで扱わないことを条件に、祖父は二通目の遺言書を作成した。死後まもなく、父親はその約束を反故《ほご》にしている。当初の条件さえ立証できれば、欠格事由が認められる余地はあるはずだ」

「復元した手紙だけだと足りないんじゃない？」

実物を見たわけではないため、そう伊織に訊いた。

「祖父が責任を認めているだけだから、足りないと思う。それに、Aさんを巻き込むつもりもない。そう簡単に立証できないことはわかってる。でも、何とか頑張ってみるよ」

現状を正しく分析できているようだ。何かアドバイスを送れるとすれば……。

「今回の遺産争いでは、あいこは負けを意味している」

「どういう意味？」

「同一日付の遺言書が発見された場合、先後関係を明らかにできれば、後に作成された方が優先する。その判断がつかなかったときは、矛盾する部分が無効になる。ゼミ室で教えてくれた家族法の知識は、確かにあっていた」

「そんな話もしたね」

「どちらの遺言書が後に作成されたかで勝負が決まる。僕も、最初はそう思っていた。でも違った。先後関係を明らかにできなかった場合――、つまり、あいこの場合も、遺産争いは良成さんの勝ちになるんだ」

「…………」

伊織は思案するように黙ったので、僕は説明を続けた。

「無効になった箇所は、民法の原則に従って処理される。全財産を譲り渡す内容の遺言書だから、不可分のものとして結局は全体を無効にせざるを得ない。民法の原則は、法定相続人による相続……。基本中の基本の問題だ」

「配偶者と息子。相続割合は二分の一ずつ」

戸賀が質問をしたため、答え合わせはゼミ室で既に済んでいる。

「おばあさんは、脳血管の病気を患っているんだよね」

「長くは生きられないと言われている」

「いずれ亡くなったときは、もう一度相続が開始する。次の相続人は、一人息子の良成さんだけ。おばあさんが秋吉さんから相続した二分の一の財産も、その時点で彼が吸収する」

二分の一プラス二分の一で、全ての財産が村瀬良成のもとに行き着く。

「あいこでも、負けと一緒の結果になると言いたいんだな」

「間違ってる？」

「いや、あってるよ」

法定相続人ではない伊織は、有効な遺言書が存在する場合にのみ、祖父の遺産を受け取ることができる。法定相続人か否かで、スタート地点が明確に異なるのだ。

村瀬良成に対する遺言書が後に作成されたと判明したときだけでなく、先後関係を明らかにできなかったときも、実質的には負けを意味していた。

「僕が何を言いたいのかわかる？」

「死ぬ気で相続欠格事由を立証しろ」

「正解。主張立証の組み立て方くらいなら、相談に乗れると思う」

「ありがとう。心強いよ」

そろそろ次の講義の準備をしなければならない。立ち上がると、伊織は僕を見上げながら口を開いた。

「どうして祖父は、あの便箋を握っていたんだと思う？」

「戸賀に質問した方がいいんじゃないかな」

「古城くんの答えが聞きたい」

立ったまま、僕は考えを巡らした。

「リビングでウイスキーを飲んでいるときに、秋吉さんは不整脈を引き起こした。強い痛みを感じたとき、人は近くにあるものを摑もうとすると聞いたことがある。テーブルの上に置かれていた便箋を摑んで、そのまま倒れた。僕なら、そう理解する」

「論理的な解釈だね」

戸賀なら、まったく異なる答えを口にしただろう。

「参考までに、孫としての考えを聞かせてよ」

「あの便箋も処分されていたら、俺は死の真相に辿り着けなかった」

「うん。それで？」

「それだけだよ。でも、祖父が残した想いを無駄にしたくない」

伊織は、ポケットから煙草を取り出した。気持ちを落ち着かせたいのかもしれない。僕の前では吸わないという約束を守らせるために、建物の中に入ることにした。

遺言書の行間に込められた想い。便箋を手に取った理由――。

今際《いまわ》の言葉を読み解くのは、生きている者の役割だ。

閉鎖官庁

1

官僚の目からは、生気を感じなかった。

「矢野綾芽さんですね。本日はお疲れさまでした。霞《かすみ》が関《せき》は広いので、矢野さんとご縁がある省庁がきっと見つかるはずです。明日からの官庁訪問も頑張ってください」

「……はあ」

「夜も遅いので、気をつけてお帰りください」

「帰っていいのですか？」

「はい。お気をつけて」

不合格を告げられた――。そう理解するまでに、時間が掛かった。間抜けな顔をしていたに違いない。退出を促すように官僚は私から視線を外した。

薄暗い通路を歩きながら、小さく息を吐く。

「こういう展開もあるんだ」

悲しみや悔しさより、解放感の方が勝っていた。ようやく、建物の外に出ることができる。新鮮な空気を吸える。強がりではない。

腕時計を見ると、午後九時を過ぎていた。建物に入ってから、十二時間以上が経っている。その間、外に出ることは認められなかった。それどころか、昼食やトイレに行く際も、職員の許可を取る必要があった。

入口面接で終電の時間を確認されたときは驚いた。そんな夜遅くまで拘束されるのか。公務員の定時をネットで検索したのは、私だけではないだろう。

面接に呼び出されたのは四回。この省庁を選んだ理由。問題意識を持っている政策。官僚になって何がしたいのか……。重複する質問も多かったが、「前の面接官にも訊《き》かれました」と指摘するのは、さすがに憚《はばか》られた。

用意してきた答えを口にすると、面接を担当した職員は首を傾げた。

「それは、官僚にならないとできないことなの？」

民間企業の就職活動も並行して進めていることを見抜かれた気がして、居心地が悪かった。何の手応《てごた》えもないまま、面接の回数を消化していった。

待機時間は十時間以上に及んだはずだ。会議室のパイプ椅子に座り、何をするでもなく、前列の学生の後頭部を眺めていた。省庁が発行する白書やパンフレットも備え置かれていたが、それらを手に取る気力も意欲もなかった。

学生同士の私語もほとんどない。バインダーを手に持った職員が常に二人以上控えていて、待機時間の言動までチェックされている気がした。

数十分ごとに、数名の学生が選ばれて会議室を出ていく。その際、呼ばれた学生は荷物を全て持っていかなければならない。

面接を終えて、「先ほどの部屋で待機していてください」と言われたら、会議室に戻ることができる。「お疲れさまでした――」と切り出されたら、その省庁の官庁訪問は終了する。荷物を持っていかせるのは、面接前に結果を悟らせないため。

一緒に呼び出された学生を見て、自分が今、どのような評価を受けているのかを推測する。

To Be Continued か、Game Over か……。

私も含めて、疑心暗鬼に陥っている学生が多くいた。

徐々に会議室の空席も目立つようになり、夕方には残っている受験者は半分以下になった。

それでも私は不合格を告げられず、しぶとく生き残っていた。

しかし、最後の最後ではしごを外された。

国家総合職の官庁訪問は、一日で内々定が出ることはまずあり得ない。約二週間の間に四回ほど同じ省庁を訪れて、面接や集団討論を繰り返す。次回の訪問チケットを手に入れ続け、最終面接を突破した者だけが、ゴールに辿《たど》り着けるのである。

私のK省の官庁訪問は、第一クールで終了した。

こんな夜遅くまで拘束されたのだから、第二クールには参加できるだろう……という楽観的予想は、見事に裏切られた。

最初の面接から手応えがなかったので、反省のしようがない。何がマズかったのか、面接官にフィードバックを求めればよかった。

とりあえず、ホテルに戻ってシャワーを浴びよう。シャツが汗で肌に張り付いている。化粧を落として着替えれば、不快感からも解放されるだろう。

携帯を見ると、夏倫からメッセージが届いていた。

『やっほー。東京、暑くない？』

『めちゃ暑い。溶けちゃう』と返すと、すぐに既読がついた。

『私も今度、インターンで東京行くんだよね』

『じゃあ、お土産はなしでいい？』

『それとこれとは別腹です』

『はいはい。東京限定お洒落《しゃれ》スイーツね』

三日前の夜、古城さんから電話がかかってきた。どうやら、ダイイングメッセージの謎を解こうとしているらしい。

この前は、ロースクールの模擬法廷で密室監禁事件が起きた。古城さんがトラブルを引き寄せているのかもしれない。ただの偶然だと、本人は否定するんだろうけれど。

密室にダイイングメッセージ。本格ミステリ的な挑戦状が、無法律に連続で届いている。法律相談所なので、挑戦状ではなく訴状か起訴状か。

外出が禁止される官庁訪問は、クローズドサークルの一つかもしれない。

嵐の孤島、吹雪の山荘、就活の官庁……。

半日以上拘束されても、事件らしい事件は何も起きなかった。当たり前だ。私たち受験者が霞が関の官庁に集まっているのは、内々定を勝ち取るためなのだから。トラブルメーカーは、すぐに建物から追い出されてしまう。

先ほどの官僚のメッセージを思い出す。

――霞が関は広いので、矢野さんとご縁がある省庁がきっと見つかるはずです。明日からの官庁訪問も頑張ってください。

お決まりの文句だったのだろう。

官庁訪問を受け付けている省庁の数は、全部で二十以上にのぼる。霞が関が広いというのは事実だ。一つの省庁で不合格を告げられても、時間が許す限り他の省庁を巡ることができる。志望動機を練り直して、あたかも第一志望かのように立ち振る舞う。

次に訪れる省庁も既に決めている。早々に退庁を促されない限り、また長時間、建物内に拘束されることになるはずだ。

クローズドサークル。閉鎖官庁。

そうこじつけても、まったくドキドキしないのはなぜだろう。

＊

古城さんも夏倫も、今回の私の上京は、出版社の就活のためだと思っているはず。

出版社の面接試験も初日に受けたので、嘘をついたわけではない。官庁訪問の日程が近接していたから、そのまま東京に残ることにした。

霞が関の省庁を巡ると夏倫に伝えたら、質問攻めにあっていただろう。

官庁訪問は、国家公務員採用試験の最終合格者しか参加できない。択一試験と記述試験を突破するにはそれなりの対策が必要なので、民間企業の就職活動と公務員試験を同時並行で進めている学生は法学部でも超少数派らしい。

そんな非効率的なルートを突き進んでいるのは、一つに決めきれなかったからだ。

中学校でも高校でも、『将来の夢』に具体的な職業を挙げたことはなかった。お金持ちとか、有名人とか、クリエイターとか——、その場しのぎの回答でごまかしてきた。

適性や能力に見合った職業に就くべきなのか。

なりたい職業から逆算してスキルを磨くべきなのか。

適職診断テストを受けたり自己分析を深めていく中で、公務員が候補に挙がった。目標を設定して着実に進んでいく計画力。自我を前面に出さず協調性を優先する調整力。テストの結果を鵜呑《うの》みにすれば、私には公務員の適性があるみたいだ。

一方で、子供の頃から好きだったミステリ小説に携わる仕事として、出版社も受けることにした。それが夢なんじゃないかと突っ込まれそうだけれど、私の中では違う。趣味を仕事にするのも一つの選択肢……。そういう固定観念が先行していた気がする。

優柔不断で、行き当たりばったり。

法学部に進学したのも、『潰《つぶ》しがきく』と、高校の担任が言っていたからだ。根拠はよくわからない。法律家、公務員、民間就職。どの進路にも対応できるから、進学して後悔することはない——、くらいの意味なのではないか。

選択肢が多くあるからこそ、迷ってしまう。決断を先延ばしにしただけだと気付いたのは、大学三年生になった頃だった。

三つの進路の中で、真っ先に候補から外れたのは法律家だ。

ロースクールに進学して、司法試験に合格して、弁護士、検事、裁判官のいずれかになる。王道とも言える進路を目指さなかったのは、古城さんがすぐ近くにいたからだ。

民法も刑法も、法学部の講義がつまらないと思ったことはない。大学の成績も決して悪くはなかった。けれど、古城さんは次元が違った。大学の講義では学ばない法分野の文献にも目を通し、卒業までに二百単位以上を取得した。

司法試験の合格だけを目指すなら、非効率的な勉強方法かもしれない。でも、法律家になるにはそれくらいの覚悟が必要だと見せつけられた気がした。

古城さん自身は、何がしたいのかわからず、家族の背中を追ってロースクールに進学したと言っている。明確な目標がないのに努力できるのは才能だと思うし、〝法律〟という枠まで絞り込めている時点で、私よりずっと先をひた走っている。

まあ、本人の前では、そんな褒め言葉は絶対に口にしないけれど——。

夏倫は夏倫で、古城さんとは違う方向性でぶっ飛んでいる。

これまでに出会った誰よりも自由人。常人では思い付かないアイディアをどんどん出して、たくさんの事件を解決に導いてきた。

大学生だけど、天真爛漫《らんまん》という表現がぴたりと当てはまる。仲良くなってから、まだ半年も経っていないのが不思議なくらい、いろんな話をした。気が合う友人だと、私は思っている。夏倫もそう感じてくれていたら嬉《うれ》しいな。

カフェに行ったり、カラオケに行ったり。相談をしたり、されたり。

夏倫は、自分の家族や将来の話をあまりしたがらない。髪色も明るいままだし、本格的に就職活動をしている様子もない。何かしら事情があるのだろう。

古城さんや夏倫を見ていると、自分の平凡さに嫌気が差してくる。突出した才能があって、周囲の視線を気にしない。夏倫と出会うまでの古城さんは、短所の方が目立っていたような気がする。でも今は、足りない部分をお互いに補い合っている。

そんな二人の関係性が、少し羨《うらや》ましい。

自分に嘘をつかない……。それが、二人の生き方の共通点だと思っている。言葉にするのは簡単だ。でも、実践するとあっという間に躓《つまず》いてしまう。

就活の中で、私は何度嘘をついてきたのだろう。ここが第一志望だと、私は採用されるにふさわしい人間だと。求められている答えが何となくわかるから、正直な気持ちではなく、面接を突破するための薄っぺらい言葉を並べ立てた。

無法律に戻ってきて、少しだけ自分を好きになり始めていたのに。

次の省庁でも、きっと私はたくさんの嘘をつく。

2

昨日と同じ時間に霞ケ関《かすみがせき》駅で地下鉄を降りて、H省の官庁訪問の列に並んだ。

案内された会議室のレイアウトも、K省とほとんど変わらない。

指示があるまでは、建物から出ることができません。職員が申し訳なさそうに眉《まゆ》を寄せるのを見て、昨日の記憶が蘇《よみがえ》った。

ここから約半日。途中で帰宅を命じられない限り、閉鎖空間での面接ラッシュに臨まなければならない。

始まる前から憂鬱《ゆううつ》な気分になっていたが、続いて入室した女性職員の加藤《かとう》さんは、朗らかな表情で「皆さん、顔が暗いですよ」と言った。

「第一クールの二日目ですからね。第一志望の省庁で芳しくない結果になってしまった方もいるかもしれません。でも、気持ちを切り替えていきましょう。実は、私も二日目組だったんです。言葉を選ばずに言えば、弊省は滑り止めだったわけですが、だんだん本命の省庁になっていきました。皆さんにもそう思っていただけたら、嬉しいです」

第一クールの官庁訪問は、三日間にわたって実施される。一クール中に、同じ省庁を複数回訪れることはできない。それぞれの省庁を訪れるタイミングに決まりはないが、第一志望の省庁は初日に訪問するのが暗黙の了解とされている。

会議室に集まっている他の学生も、大多数は別の省庁を昨日訪れていて、そこが第一志望だったはずだ。結果は三者三様だと思うけれど。

私も滑り止めですと手を挙げるわけにもいかず、周りの様子をうかがっていると、加藤さんはさらに続けた。

「私は、三年前の官庁訪問で採用されたので、皆さんの不安や緊張はある程度理解しているつもりです。採用活動の一環である以上、全員を次のクールに進めることはできません。でも、万全の状態で面接に臨んでもらうための協力は惜しみません」

涼しげなリネンのジャケットを着た加藤さんは、指を三本立てた。

「ご存じのとおり、これから皆さんには、この部屋で長時間過ごしてもらいます。テレビも漫画もありませんし、殺風景な空間です。あまり気を張り詰めすぎないでほしいんですね。私語OK、スマホOK、邪魔者なし。三つの自由を、私たちは保障します」

職員は部屋に残らないので、学生の呼び出しは内線電話で対応する。トイレや自動販売機などは、いちいち許可を取る必要なし。面接の内容や職員とのやり取りなどを含めて、情報交換は気兼ねなく行っていい。SNSへの投稿を除いて、携帯を触るのも自由。

わかりやすく、加藤さんは説明を加えていった。いずれも、昨日のK省で不満に思っていた事項だ。

「昼食の時間くらいは、建物から出ることもOKにしたかったのですが、私の力不足で上司を説得できませんでした。無念です。総合職の公務員には、政策を企画立案する能力も求められます。不要な慣習を廃止したり、新しいルールを作るのも官僚の仕事ということです。皆さんも、官庁訪問のルールの適切さをぜひチェックしてください」

官僚らしからぬ加藤さんのフランクな口調が新鮮で、私はすっかり聞き入っていた。

「では、邪魔者は退散しますね。呼び出しがかかるまで、しばしご歓談を」

加藤さんが退室した後、会議室の空気は自然と明るくなった。

席が近い者同士で挨拶《あいさつ》を交わし、大学や学部といった当たり障りのない会話から入る。民間企業の就活で何度も見た光景だ。公務員志望とはいえ、学生であることに変わりはない。官庁訪問の重苦しい空気に、居心地の悪さを感じていたはずだ。

和気あいあいの三歩手前くらい。そんな雰囲気で私たちは待機時間を過ごした。

ときおり内線電話が鳴って、指名された学生が荷物を持って部屋を出ていく。次は誰の名前が呼ばれるか。そのたびに、会話が中途半端に途切れた。

一時間ほどが経った頃、一人の男子学生が会議室に戻ってきた。部屋を出入りする学生は他にも多くいた。彼が気になったのは、顔に見覚えがあったからだ。

向こうも気がついたようで、私の方に近付いてきた。

「澄野《すみの》くん……、だよね」

「うん。久しぶり、矢野さん」

小柄な体格。腫《は》れぼったい瞼《まぶた》――。顔を見たのは三年以上ぶりだが、澄野卓《たく》の外見はほとんど変わっていなかった。

澄野くんは、高校三年生のときの同級生だ。

「こんなところで会うとは思わなかった」

「僕は、もしかしたら会えるんじゃないかと期待してたんだ」

私の前の席に澄野くんは座った。さっきまで座っていた別の学生は、十分くらい前に名前を呼ばれて会議室を出ていった。

「どういう意味?」

「矢野さんのインスタ、フォローしてるから」

東京に来ていることは、Instagram のストーリーに投稿した。百人くらいしかいないフォロワーに、澄野くんのアカウントも含まれていたのか。

「えっと……、就活としか書いてないよね」

「本棚に、官庁訪問ガイドブックが置いてあったでしょ」

読み終えた小説を紹介したときに、本棚の写真も投稿したことを思い出す。流し読みしたガイドブックも写っていたのか。

「官庁訪問を受け付けてる省庁って二十以上あるらしいから、やっぱり凄《すご》い偶然だよ」

そう言って、澄野くんの反応をうかがった。

「新書とか白書も写ってた」

「本棚に？」

「うん。そのラインナップで、ある程度絞り込めたんだ。何日目にどの省庁に行くのかは、さすがにわからなかったけど」

澄野くんは、どこか得意げに頬を緩めた。

変わってないな、と私は思った。悪気がなくても、自分の発言がどう受け止められるか。高校生の頃に、何度も指摘したのに。

「私に会うために、この省庁を選んだわけじゃないよね」

「さすがに、そこまではしてないよ。官僚になるのは僕の夢だから。どこにするかはずっと前から決めてた。会えたらいいなって楽しみにしてただけ」

「そっか。わかった」

突っ掛かるほどのことではない。同じ教室で長い時間を共に過ごさなければならなかったあの頃とは、もう違うのだ。平穏な学校生活を送るために、お節介だとわかりつつあれこれ口を出していた。でも、澄野くんには何も響かなかった。

今日は、ただの知り合いとして接すればいい。

『ネットストーカーみたいなことをすると相手は引いちゃうし、本人にドヤ顔で伝えるのはもっとマズいよ』

そういう本音も、心の中に留《とど》めておこう。

「矢野さんが公務員試験も受けてるの、意外だった」

「そうかな」

私の淡白な反応などお構いなしに、澄野くんは雑談を続けようとしている。

「クラスの人気者だったから、民間でばりばり働くのかなって思ってた。ああ……、でも、出版社とかも受けてるんだよね。相変わらず器用だなあ」

どこで知ったの、とは訊かなかった。これからは、SNSの更新もほどほどにしよう。

「優柔不断なだけだよ」

「今年の総合職の法律区分、確か倍率十五倍以上あったでしょ。公務員一本でも落ちた人たくさんいたはずなのに、やっぱり凄いよ」

「ありがとう」

「高校でも、ずっと成績上位だったもんね」

「そんなことないって」

褒められても素直に喜べないのは、なぜだろう。片手間で受験して合格者の枠を奪うな。そう指摘された気がしたからか。そして、その自覚があったからか。

また内線電話が鳴った。名前を呼んでほしいと、そこで初めて思った。

しかし、会議室を出ていく口実は得られなかった。

「矢野さんは、もう入口面接終わった？」

「ううん。まだ」

「志望動機とか、興味のある分野を訊かれるくらいだよ。二回目からが本番だと思う」

どうせなら、このまま実りのある情報交換をしたかったのだけれど、澄野くんはまた話題を変えた。

「実は、相談したいことがあるんだよね」

「今、ここで？」

「迷惑かな」

「内容によるとしか」

いつ呼び出されるのかわからないし、面接に向けて心の準備も必要だ。雑談ならまだしも、どんな相談にも乗るよなんて懐の深い返答を期待されても困る。

「――法律相談なんだ」

「もしかして、私が何のサークルに入ってるかも知ってる？」

正確には、サークルではなく自主ゼミだけれど。

「無料で法律相談を引き受けてるんだよね」

「うん、まあ」

私や夏倫がゼミ室に呼び寄せた相談者が帰った後、古城さんはよくため息をついていた。その気持ちが、ようやく少し理解できた。

法律相談を持ちかけられると、こんなに憂鬱な気分になるんだ。

「えっとね……、法律に詳しいのは、私じゃないよ」

「話だけでも聞いてくれないかな」

その前に、私の話を聞いてほしい。

ただの法学部生にすぎない私を頼るのは過大評価もいいところだ。古城さんのような広範な法律知識も、夏倫みたいな謎解きのセンスも、私は持ち合わせていない。

見ず知らずの相手であれば、迷惑ですと突っぱねただろう。

元同級生。その一言だけで私たちの関係性を説明することはできない。

「解決は約束できないよ」

予防線を張った上で、先を促した。

3

澄野くんの相談は、予想していた何倍も深刻なものだった。

待機時間に突如始まった法律相談だから、敷金が返ってこないとか、アルバイトで賃金が支払われなかったとか、日常の延長線上のトラブルだろうと高を括《くく》っていた。

――父さんが雪山で遭難したんだ。

そんな切り出し方をされるとは、想定外どころの話ではない。

父親が雪山で遭難。生死に直結するトラブルだ。そして、無事に見つかったという一言は、しばらく待っても補足されなかった。

前言撤回。やっぱり相談には乗れない。そう手のひらを返したかった。

しかし、止める間もなく、悲劇の概要が語られていった。

澄野くんの両親は、バックカントリースキーを趣味にしていたらしい。初めて聞く単語だったので、説明に耳を傾けながら、携帯でも簡単に調べた。

バックカントリー。つまりは、裏山。整備されたスキー場のコースではなく、自然の雪原を滑り降りるアクティビティ。リフトのない斜面を登り、樹木や岩などの障害物を避《よ》けながら、人の手が加えられていない雪面に挑む。

相当な危険を伴うことは、スキーもスノーボードも未経験な私でも、容易に想像できる。自然への挑戦——。そのリスクも、魅力の一つに含まれているのかもしれない。

『バックカントリースキー』とGoogleで検索したら、『バックカントリースキー　事故』や、『バックカントリースキー　遭難』がサジェストに表示された。

さもありなん、である。

澄野くんの父親が遭難したのは、約半年前。

標高約千五百メートルの明珠山《めいじゅ》でバックカントリースキーを楽しむために、前日から夫婦で近くのコテージに泊まって準備を整えていた。翌日の昼過ぎにコテージを出て、スノーモービルで雪山の中腹あたりまで登ったという。

スノーモービルで雪原を駆け上り、良さそうなポイントを見つけたら、スキーで滑り降りる。それが彼らのバックカントリーの楽しみ方だった。

その日も、澄野くんの父親がポイントを決めて、スノーモービルから降りた。なだらかな傾斜で、視界も良好だった。パウダースノーの滑り心地や景色を堪能《たんのう》しながら、スキーで軽快に滑り降りた……。

これらの情報は、澄野くんが母親から聞き出したものである。

「逃げろ！」

夫の声が聞こえたので振り返ると、雪崩が迫っていた。未整備の雪原を滑走するバックカントリースキーは、雪崩に細心の注意を払わなければならない。わずかな衝撃で新雪が一気に滑り落ちる危険があるからだ。

意識を取り戻すと、自身は無傷だったが、夫の姿がどこにも見当たらなかった。

しばらく辺りを捜し回ってから、澄野くんの母親はビーコンの存在を思い出した。

ビーコンはトランシーバーの一種で、遭難者の捜索の際などに用いられる。万が一の事態に備えて、バックカントリーに挑む際は携帯することが推奨されている。

一般的なビーコンの受信範囲は、数十メートルしかない。受信状態に切り替えたが、夫のビーコンのシグナルはキャッチできなかった。

雪崩の痕跡《こんせき》を辿り、崖《がけ》から滑落した可能性があることに気付いた。雪中に埋没したのであれば、一刻の猶予もない。澄野くんの母親はスノーモービルを停めた場所まで戻り、捜索を再開した。

だが、一人で捜すのは無理があった。

冷静な判断ができていれば、一度ふもとまで戻って警察に助けを求め、人海戦術をとるべきだっただろう。そうこうしているうちに、天候が悪化して吹雪になった。下山しなければ、自身も遭難する危険性が高かった。

雪崩発生から数時間後、ようやく澄野くんの母親は警察に通報した。

その日は天気が回復せず、翌朝を待ってから、警察や消防団などによる捜索が始まった。雪崩が生じたポイントは特定できたが、付近をくまなく捜しても、澄野くんの父親は発見されなかった。

そして、捜索が打ち切られてしまった。


「何も見つからなかったの?」

そう訊くと、澄野くんは首を横に振った。

「崖の下で、破損したスキー板とストックが見つかった。そこから父さんは、歩いて移動した可能性がある」

「それほど遠くには行けないはずだよね」

「うん。雪に埋もれたのかもしれないと言われたけど、春まで待って雪解けを迎えても遺体は出てこなかった」

遺体……。数日が経った時点で、生存は絶望的と判断されたのだろう。

「そんなことがあったんだね」

「遺体が見つかっていないから、死亡届も出せないし、葬儀を行うわけにもいかなくてさ。宙ぶらりんなまま、就活が始まっちゃったんだ」

行方不明者の法律関係。民法の講義で学んだ知識を引き出そうとした。

「死亡届を提出するには……、死亡診断書とかが必要なんだっけ」

「そう。法律的には、父さんはまだ生きてることになってる。おかしな話だよね。十中八九、雪山で死んでるのに」

死亡保険金の支払、相続、死因贈与。死亡は、さまざまな法律関係を変動させる。だからこそ、その認定は慎重に行う必要があるのだろう。

「失踪《しっそう》届は出したんだよね」

「うん。失踪者が見つからないまま時間が経つと、死亡が認められるらしいね」

民法総則の講義で、失踪宣告という制度を学んだ記憶はうっすらある。けれど、その要件や効果について、即答することはできない。

古城さんだったら、条文に目を通さなくても、すらすら説明できたはずだ。

「今回の相談は、失踪宣告の手続について?」

そうだとすれば、非常に困る。

「いや……、相談したいのは、母さんのことなんだ」

雪崩に巻き込まれ、何とか生還した澄野くんの母親。行方不明になった夫が、生存している可能性は低い。大変な状況にあるはずだが、法的なトラブルまで抱えているのか。

「何があったの?」

そう訊かざるを得なかった。

「父さんがいなくなってから不幸続きなんだ。四月に、母さんが自己破産を申し立てた」

「自己破産……」

「二年前にフランチャイズに加入してマッサージ店を開いたんだけど、うまくいってなかったらしい。開業資金を銀行から借り入れたのに、その返済も滞っていた」

大学に進学したタイミングで実家を出たこともあって、澄野くんは詳細な経営状況を把握していなかったという。

父親の遭難後、周囲への説明や役所での手続など、今後の対応を話し合っていた際に、自己破産を考えていると母親から打ち明けられた。借金の返済のために借金を重ねている状況で、巻き返しを期待できる状態ではなかった。

「一つだけ、自己破産を免れる方法があった」

「……相続?」

「うん。父さん名義の不動産を売って返済に充てれば、借金を完済して、当面の運転資金も得られそうだった。でも、失踪者の財産を処分することはできなかった」

正式に死亡が認められたら、相続が開始して、不動産を処分する道が開ける。だが、失踪者として扱われている間は、財産も本人名義に留めておかなければならない……。

携帯で解説サイトを開きながらではあるが、何とかついていけていた。

「夫婦の共有財産みたいなのはなかったの?」

「借金を返済できるようなものは、ぜんぜん。その不動産も、父さんの親が去年亡くなって相続した家屋だった。東京の一等地に建っていて、終《つい》の住み処《か》にするつもりだったらしい。だから、今は誰も住んでいない」

澄野くんの父親が不動産を、他の兄弟は預貯金を、それぞれ相続したという。

詳しい金額を聞くつもりはないけれど、東京の一等地の一軒家であれば、かなりの資産価値があったのではないか。

「自己破産を申し立てて、再スタートを切ったんだよね」

「そう思っていた。でも、すぐに躓いた」

内線電話が鳴った。入り口をちらりと見てから、澄野くんは早口で続けた。

「――母さんが、捕まったんだ」

4

ようやく名前を呼ばれて、私は荷物を持って立ち上がった。

澄野くんは、ぎりぎりまで私の近くで粘って、不足している情報を伝えてきた。入り口までついてきたにもかかわらず、面接の激励は一言もなかった。

部屋を出ていく直前、金属製の名刺を手渡された。

「これ、僕の連絡先」

通路を歩きながら、名刺の意図に気がついた。

私が戻ってこないかもしれないと、澄野くんは考えたのだろう。手荷物を持って部屋を出て行くため、そこで帰宅を命じられたら、そのまま官庁から追い出されることになる。受験者同士は一期一会。その場限りの付き合いになる者が大多数を占める。

この野郎。自分勝手だな。

面接に呼ばれるのが遅かったのは事実だ。呼び出しの順番が、評価に関係しているのかはわからない。けれど、筆記試験の成績や提出した書類の内容によって、ある程度のグループ分けが行われている可能性は充分にある。

初回の面接とはいえ、気を抜くことはできない。面接官にアピールする内容を整理しなければならないのに、指示された場所で待機しながら、私は澄野くんの父親の失踪について考えていた。

失踪というより、その後日談か。

母親が逮捕された——。

警察から澄野くんに連絡があったのは、一週間前のことだという。官庁訪問の最終準備を進めている折に、担当の刑事から電話がかかってきて、その旨を知らされた。

被疑事実は、死体遺棄。夫の死体を遺棄した疑いがかけられている。それ以上の情報は、何も聞き出せなかったらしい。

父親の死体を母親が遺棄した……。耳を疑いたくなる一報だっただろう。

捜査情報が開示されるのは、被疑者が起訴された後だ。逮捕された時点では、被疑者本人から事情を聴取できない限り、手探りで情報を集めていかなければならない。

一体、どんな嫌疑をかけられているのか。澄野くんの話を前提にすれば、明珠山で雪崩に巻き込まれた夫の死体を、どこかに運んで遺棄した。そう理解するのが自然だろう。

人目につかない場所に遺棄されたから、捜索隊が付近をくまなく捜しても、雪解けを迎えても、死体が発見されなかったのではないか。

実際、いくつかの条件を満たしていれば、死体を遺棄することは可能であったはずだ。

一つ目の条件は、死体を発見していたこと。

意識を取り戻した直後か、スノーモービルで捜索を開始した後……。当然の帰結だが、雪崩に巻き込まれて離れ離れになったままなら、遺棄という発想に至るはずがない。

雪山で女性が成人男性の死体を移動させるのは、大変な作業だろう。しかし、スノーモービルを使えば何とかなったのではないか。ふもとまで辿り着けば、そこからは車の荷室に載せて長距離を移動できた。

二つ目の条件は、遺棄する場所に心当たりがあったこと。

警察への通報が遅くなれば、何をしていたのかと怪しまれる。かといって、車の荷室などに死体を隠したまま通報するのは、あまりにリスクが高い。

人目につかず、明珠山からそれほど離れていないが、捜索の範囲からは除外される場所。何度か足を運んでいたなら、心当たりがあっても不思議ではない。

遺棄してから明珠山のふもとまで戻り、雪崩に巻き込まれて夫が行方不明だと通報する。自力でビーコンのシグナルをキャッチしようとしたが、天候が悪化したので下山した。そう説明すれば、雪崩の発生時刻から通報までのタイムラグは、ある程度許容される。

夫の安否を気遣っている振りをして、捜索を願い出る。発見に至らなかった旨の捜索隊の報告を沈痛な表情で聞き、捜索の打ち切りを無念そうに受け入れた。

死体を遺棄したのであれば、何カ月もの間演技を続けていたことになる。

真っ先に浮かぶ疑問は、なぜそんなことをしたのか——、だ。

バックカントリースキー中の事故で、配偶者が死亡した。その死体を隠す動機として、何が考えられるだろう。

雪崩が原因であれば、死体が見つかっても、その責任を問われることは基本的に考えられない。事前準備やコース取りに落ち度があったのなら、世間の非難に晒《さら》されるかもしれないが、それは〝事故死〟でも〝遭難〟でも起こり得た事態だろう。

死体が発見されなかったことで、澄野くんの母親はむしろ不利益を被っている。死亡届が受理されず、相続が先送りになった結果、自己破産を選択せざるを得なくなった。

法律論が関わっているため、極限状態でそこまで予測できたとは思えない。けれど、死体遺棄という犯罪に及ぶ決断を本当にしたのであれば、何かしらの理由があったはずなのだ。現状では、その動機がまったく見えてこない。

夏倫なら……、どう考えるだろう。

『事故死ってスタートラインから疑うべきじゃない？』

夏倫の声が脳内で再生された。

明珠山に夫婦で赴き、そこで雪崩が起きたのは事実であるようだ。でも、死因が確定したわけではない。雪崩に巻き込まれて身動きが取れなくなった夫を、何らかの方法で殺害したのだとしたら？　死体が見つかれば、事故死ではないことが判明してしまう。

だから、死体を遺棄しなければならなかった。

――遭難に見せかけるために。

悪くない仮説だと思う。だけど、雪崩がきっかけになったなら計画的な殺害ではないし、凶器も事前に準備できなかったはずだ。わざわざ、このタイミングで殺害したのはなぜだろう。バックカントリースキーは夫婦の趣味だったようだし、突然殺意が芽生えたというのも、少し違和感がある。

それに、被疑事実は殺人ではなく死体遺棄だ。起訴段階で罪名が変わることがあるとしても、あえて死体遺棄で逮捕した理由が気になる。

裏を返せば、死体遺棄で逮捕している以上、澄野くんの父親の死体は既に見つかっている。そこに他殺の痕跡が残っていれば、殺人罪で逮捕状が請求されたのではないか。

他殺ではなく、事故死。それなのに、死体を遺棄した――。

何のために？　思考が巡り巡る。

ダメだ。こんなのは夏倫の思考じゃない。ただの突飛なアイディアだ。ここに夏倫がいたら、私なんかじゃ想像もつかない可能性を提示するだろう。

たとえば……、『澄野くんは嘘をついている』とか。

5

私の入口面接を担当した青園《あおぞの》さんは、母親くらいの年齢の女性職員だった。

柔らかい雰囲気で、話を引き出すのもうまく、これまでの面接の中で一番リラックスした状態で話すことができた。

「矢野さんは、霞山大生なんですね。東京には泊まりがけで来ているんですか？」

「はい。ユースホステルに泊まっています」

四人一部屋のドミトリールームで、トイレや浴室も共用だが、一泊約三千五百円という格安の料金で宿泊できている。

「官庁訪問だと、二週間くらいは東京に残らないといけないので、地方の参加者は特に大変ですよね。オンライン面接も少しずつ導入されてきていますが……」

手元の資料に視線を落としてから、青園さんは続けた。

「面接シートも拝見しましたが、志望動機の欄に、とても素直な気持ちが書いてあったので、驚きました。昨日の省庁でも、同じような話を？」

「いえ。昨日の反省を踏まえて、面接シートを一から書き直しました。失礼な記載でしたら、申し訳ありません」

「そんなことはありません。少なくとも、私はとても気に入りました」

「恐れ入ります」

省庁の所管業種について、どんな問題意識を持っているか。学生時代の経験から官僚を志すに至った経緯……。昨日のK省では、それらを全力でアピールした。

でも、今日提出した面接シートには、着飾った言葉は記載しなかった。

基本的な政策や課題は、もちろん理解している。けれど、自分に何ができるのかや、官僚の資質があるのかはわからない。白書やパンフレットから読み取れる表面的な知識ではなく、現場で働く職員の話を聞いて、進むべき道を見極めたい。

　正直な想いを伝えることが有利に働くと思ったわけではない。自分を偽ることに疲れただけだ。当たって砕けろ。そう念じながら、面接シートを書き終えた。

「官庁訪問を通じて、学生側からも省庁を天秤《てんびん》にかける……。それが健全な採用活動だと、常日頃から思っていました。ＤＸに取り残されたアナログ人間と笑われてしまうかもしれませんが、五感を通じて多くのことを感じ取っていってください」

「ありがとうございます」

　そこで青園さんは笑みを浮かべた。

「偉そうなことを言ってしまいましたが、私は官庁訪問を経て採用された正規の職員ではありません」

「中途採用ということですか」

「ずっと弁護士として働いてきて、去年から任期付きでこの省庁に出向しています。人手不足なので、入口面接に駆り出されたわけです。この後の面接は、正統なルートを辿ってきた職員が行うので、安心してください」

「弁護士から出向……。そういうルートもあるのですね」

「はい。変わり者ですが、悩める学生の相談に乗ることはできるかもしれません」

　民間企業か公務員かの大枠すら決めきれずにいる私にとって、着々とキャリアを重ねているであろう青園さんは、雲の上の存在だ。

「相談なんて、恐れ多いです」

「入口面接として聞くべき事項は、だいたい確認できたので、少しだけ雑談をしましょう」

「……………」

「そう身構えないでください。本当に、ただの雑談ですから。私には子供が二人いるのですが、揃って霞山大の法学部に通っていたんです」

「えっ、そうなのですか」

「矢野さんの面接シートを見て、凄い偶然だなと思いました。学年も、次男と一つ違いだと思います」

青園という苗字《みょうじ》に心当たりはない。学年が違うと、接点がない学生の方が多い。

「やはり、弁護士を目指しているのですか？」

余計なことを訊いたかなと思ったが、青園さんは微笑んだ。

「長男は検察官です」

「凄い。優秀なご子息なんですね」

「次男はロースクールに進学して、決断を先延ばしにしています」

弁護士、検察官、ロースクール生。まるで、法曹一家だ。

「差し支えなければ、ご主人のお仕事は……」

えっ？　もしかして。

「裁判官です」

「失礼を承知でお訊きしますが、青園は旧姓ですか？」

驚きのあまり、敬語もあやふやになってきた。

「はい。旧姓使用です。悪気はなかったんですよ。ごめんなさい。いや……、最初から古城と名乗ってもよかったので、少しはあったのかもしれません」

悪戯《いたずら》っぽく、青園さんは口角を上げた。

古城さんの母親――。まさか、こんなところで出会うなんて。

「私のこと、知っていたんですか?」

「面接シートに、『無料法律相談ゼミに所属』と書いてあったので。今は、少数精鋭で運営しているんですよね」

「ええ……、まあ」

強がりにしても、少数精鋭は無理がある。

「行成がいつもお世話になっています」

面接の緊張感もどこかに吹き飛んでしまった。後ろ暗いところがあるわけではないけれど、妙な気まずさを感じた。

「古城さんには、いつも助けてもらっています」

「愛想や社交性が不足気味だから、迷惑をかけているのではないですか」

「そんな……」

そのとおりですとは、冗談でも口にできない。

「行成のことは話さないつもりだったんです。公平中立に実施しなければならない官庁訪問で、面接官が知り合いの母親だとわかったら、お互いにやりづらくなりますよね」

「どうして、教えてくれたのですか」

「矢野さんが、迷っているように見えたからかもしれません」

優柔不断さが、口調や態度から滲《にじ》み出ていたのだろう。明確な目標もないまま、何となくで就職活動を進めてしまい、引くに引けなくなっている。

何てレベルの低い悩みだろう。口に出すのも恥ずかしいくらいに。

「もう少し、自分で考えてみます」

「就職活動って、自分探しみたいで大変ですよね。法律論みたいに、条文や判例の解釈で答えを導けるなら楽なのに」

「本当に、そう思います」思わず苦笑してしまった。

「何か訊きたいことはありますか？」

相手は法律のプロだ。思い切って、私は尋ねた。

「法律に関する質問でも、いいでしょうか」

「もちろん」

面接官に訊くべきことではないと理解している。けれど、古城さんと向き合っているような感覚で、頭の中で質問事項を組み立てた。

「とある法律相談に、頭を悩ませていまして……」

「もしかすると、官庁訪問中まで、行成は矢野さんに迷惑を掛けているのですか？」

「あっ、いえ。これは無法律ではなく、私が個人的に受けた相談です」

「今、解決しなくてはいけないのですね」

「官庁訪問に集中しなくてはいけないことは、理解しています」

「次の面接では全集中力を傾けられるよう、ここで解決してしまいましょう」

お礼を述べてから、私は質問を口にした。

「失踪宣告についてなのですが――」

行方がわからず、生死が不明な状態を失踪と呼ぶ。

死亡が確認できていない以上、直ちに死亡届を受理するわけにはいかない。一方で、死体が発見されるまでは一切死亡を認めないとすると、それはそれで不都合が生じてしまう。相続も開始しなければ、死亡保険金も受け取れないからだ。

失踪後、音沙汰《おとさた》がないまま何年間も経過している場合は、生存の見込みは限りなく低いと考えるのが一般的だろう。そこで民法は、生死が不明なまま一定期間が経過した者に関しては、失踪宣告の手続を経て、死亡を推定するルールを定めている。

失踪宣告がなされると、死亡の効果が発生する……。

そして、失踪宣告までに必要な期間は、二つのパターンが存在する。一つは、行方不明者の生死が七年間明らかでないとき。もう一つは、危険性が高い特定の状況下において、その危難が去った後一年間、行方不明者の生死が明らかでないとき。

失踪した原因を問わずに、七年間の経過を一律に設けている前者を〝普通失踪〟、状況を限定した上で、一年間という短期間での失踪宣告を認めている後者を〝特別失踪〟と、それぞれ呼んでいる。

ここまでの知識は、携帯にインストールしていた六法アプリで確認できた。

「知人の父親が、雪山で遭難したらしくて……」

「それは大変ですね」

「雪崩に巻き込まれて遭難した場合は、普通失踪と特別失踪、どちらの規定が適用されるのでしょうか」

唐突な質問だと自覚していたが、詳細な事情を説明する時間はなかった。

「同じような案件を、過去に扱ったことがあります。雪山に行っただけでは、遭難の危険性が高まったとは言えないとして、特別失踪を認めなかったケースがあるようです。ですが、実際に雪崩が発生していて、その付近で遭難した可能性があるなら、話は変わってきます」

「じゃあ……」

「本件では特別失踪が宣告され得るということです」

雪崩の発生は警察も確認して、崖下でストックやスキー板が発見された。そう澄野くんは言っていた。

特別失踪が適用された場合、失踪宣告は事故から一年後になされる。

現時点で約半年――、折り返しの地点。

「特別失踪の場合、相続の効力はいつ生じるのですか?」

「危難が去ったときです」

つまり、澄野くんのお父さんが遭難した日だ。

特別失踪が認められるまでの期間。失踪宣告がなされた場合の効力。相続開始時点……。澄野くんの母親は、配偶者の財産をいつ引き継ぐのか。

直後に死体が発見されていたら、辿るルートがどう変わっていたのか。

相続が開始しなかった結果、自己破産を余儀なくされたのだと思っていた。

でも、逆だったのかもしれない。

死体を隠すことで、死を最大限に有効活用したのだとしたら――。

6

高校生の頃の澄野くんは、クラスの中で浮いていた。

私が知る限り、いじめられていたわけではない。無視とか、ハブとか、そういった消極的な手段も含めて、危害は加えられていなかったと思う。全員が、必要最小限の関わり合いに止《とど》めて、腫れ物に触るように距離を取っていた。

理由はシンプルで、要注意人物とみなされていたからだ。

澄野くんは承認欲求がやたらと高く、それでいて自虐癖があった。

いや、でも――、と会話でも否定から入ることが多くて、隙あらば不幸自慢をしてくる。家が貧乏で、お小遣いも満足にもらえていない。塾や予備校に通えたら、もっと上の大学を狙えるのに……。家庭環境の愚痴が多かったと記憶している。

一度や二度なら、大変だねと労《ねぎら》いの言葉をかけるけど、何度も同じ話をされると、さすがにうんざりする。

そうやって、澄野くんはクラスで孤立していった。

こんなふうに振り返ると、私も彼を嫌っていたように聞こえるかもしれない。

実際、積極的に仲良くなりたいとは思っていなかった。でも、当時の私は、『苦手な相手こそ仲良くなるべし』という謎のスローガンを掲げており、自分から澄野くんに話しかけた。今になって思えば、孤立しているクラスメイトに手を差し伸べて、自尊心を満たしていただけのような気がする。ああ、恥ずかしい。

そんなよこしまな気持ちを抱いていたから、痛い目を見たのだろう。

澄野くんは、私に依存した。委員会活動も、休み時間も、放課後も——。登校から下校まで、私の側を離れようとしなかった。

一応、男女だ。付き合っているのかと揶揄《やゆ》されたし、クラスの女子の会話にも交ざりにくくなった。それでも、迷惑だと突き放すことができなかった。

澄野くんがクラスに馴染《なじ》めば、お世話係から解放されるだろう。そう思って、日々の言動にあれこれ口を出した。私の言葉なら耳を傾けてくれるのではないかと期待したわけだが、変化が訪れることはなかった。

限界を感じて、夏休みに入ってから、澄野くんのメッセージを数日無視した。

一度返信をサボると、どんどん文字を打ち込むのが億劫《おっくう》になる。明日こそは、明日こそは、そう思っているうちに一週間が経った。

返信するよりも先に、澄野くんが私の前に現れた。お姉ちゃんとデパートに出かけた際に、「久しぶり」と声をかけられたのだ。

向こうは一人で、私たちはレディースファッションのフロアにいた。少しだけ話をしてから別れた後、「怪しいよ」とお姉ちゃんに言われた。

澄野くんのことは軽く相談していた。家族との買い物なのでＳＮＳにも投稿していなかったし、偶然だろうと私は思っていた。

でも、同じような出来事が、夏休みの間に何度も続いた。

さすがにおかしい。不安になって、原因を突き止めようとした。鞄《かばん》の中身も全て出したら、内ポケットにプラスチックの板が貼り付けられていた。

見覚えがなかったが、お姉ちゃんが調べてくれて、スマートタグだと判明した。

持ち物追跡タグや忘れ物防止タグとも呼ばれているとおり、財布や鍵《かぎ》などに取り付けて紛失時に位置情報を探るためのデバイスである。

Bluetooth 電波を飛ばして携帯やタブレットと接続することで、ほぼリアルタイムの位置情報を取得する。

スマートタグを他者の荷物に忍び込ませれば、ストーキング行為に利用できてしまう。現在はさまざまな対策が講じられているが、当時はスマートタグの悪用方法が広く認知されていなかった。

いつから？　何のために？

多くの疑問とともに、嫌悪感が湧いてきた。

澄野くんが犯人としか思えなかった。すぐに追及したが、何も知らないの一点張りだった。

スマートタグを鞄から取り出したら、行く先々で待ち構えていることはなくなった。

状況証拠でしかないとしても、関係性を断ち切るには充分な理由だ。

刺激するのが怖かったので、クラスメイトには何も話さなかったし、完全に無視することもしなかった。決して気を抜かずに一定の距離を保ったまま、卒業まで耐えた。

これが、私と澄野くんの関係性。

夏休みの一件で、彼にも伝わるように一線を引いたつもりだった。

高校を卒業してからは、一度も連絡を取り合っていない。でも、澄野くんは今日の官庁訪問で話しかけてきた。SNSで動向を追っていたと得意げに語るのを見て、大学生になっても何も変わっていないのだと悟った。

好きか嫌いかで言えば――、嫌いだ。成り行きで相談に乗ってしまったとはいえ、真相を明らかにする義理もない。

警察に任せて、私は何も聞かなかったことにすればいい。むしろそうすべきだと、頭では理解している。

父親が雪山で遭難して、母親が死体遺棄の容疑で逮捕された。

不幸の連鎖に同情したから、澄野くんの力になろうとしているのか？　それは違う。自分の身を守るために、けじめをつけなくてはいけないと判断した。

天秤にかけたのだ。

一時の苦痛と、今後の安全を。

7

青園さんとの面接を終えて会議室に戻ると、澄野くんの姿が消えていた。

荷物も見当たらないので、トイレではない。二回目の面接に呼ばれたのだろうか。けれど、三十分経っても、一時間経っても、澄野くんは戻ってこなかった。

そして、私は何度か面接に呼ばれて――。

午後六時に、お疲れさまでした、と切り出された。

K省に続いて、H省も、第一クールすら突破できなかった。薄々、そんな予感はしていた。会議室で他の学生と話して感じたのは、圧倒的な熱量の差だった。

日本の未来や重視すべき政策といった、ややもすれば〝意識が高い〟とおちょくられそうなテーマについて、それぞれが自分なりの答えを持っている。官僚として働く姿も、明確にイメージできているのだろう。

官庁訪問では、ちょこざいな受験テクニックも通用しない。

現場で働く職員の話を聞いて、進むべき道を見極めたい。ありのままの自分を評価してほしいなんて――、戯言《ざれごと》もいいところだ。

興味を示してくれたのは青園さんくらいで、他の面接官の表情や口調からは『出直してこい』という本心が透けて見えた。

建物を出てから、私は澄野くんに渡された名刺を取り出した。

名刺を作っている友達は何人かいるけれど、金属製は初めて見た。気軽に作れる値段ではないはずだ。紙の名刺も併用しているのだろうか。

印字されていた携帯番号に電話をかけると、すぐに繋《つな》がった。日比谷《ひびや》公園で待っているとだけ告げて、私は噴水広場に向かった。

これで……、答え合わせもできるはずだ。

ジャケットを脱いで、シャツの首元をぱたぱたと扇《あお》ぐ。夕方になっても東京の夏は蒸し暑い。こっちで就職をしたら、毎年この暑さに耐えなければならないのか。

自分が東京で働いている姿は、まったく想像できない。社会人になる実感は、いつ湧いてくるのだろう。内定をもらったときか、大学を卒業したときか、入社式を迎えたときか。

この焦燥感から早く解放されたい。

人生ゲームみたいに、ルーレットで進む道が決まるなら楽なのに。それはそれで文句を言うんだろうけど。ないものねだりだ。わかってる。

「お待たせ」

噴水を眺めていると、ネクタイも外していない澄野くんが、片手を挙げて近付いてきた。ポケットに入っている名刺を、指先でなぞった。

「入口面接から戻ってきたらいなくなってたから、びっくりした」

「普通に受け答えをしたんだけど、相性が悪かったみたいでさ。まあ、本命は昨日の省庁で、そっちは生き残ってるから大丈夫」

やっぱり、二回目の面接で落とされていたのか。二回目でも四回目でも、次のクールに進めなかったなら、結果は一緒だ。

「私も、さっき切られた。第二クール以降も頑張ってね」

「矢野さんは、これからどうするの？　やっぱり、出版社が本命？」

「私のことは気にしないで」

「気になるよ。……友達だし」

どんな返答を期待しているのだろう。彼の思考を読み解くことは諦《あきら》めた。

「そんなに時間もないから、本題に入るね。——会議室で聞いた法律相談の続き」

「何かわかったの？」

噴水の近くのベンチに、私たちは並んで座った。

「お母さんが、死体遺棄の容疑で逮捕された。でも、お父さんの死が不慮の事故だったなら、死体を隠す必要性がわからない。動機の解明が相談内容でいいんだよね」

「母さんが関わっていないなら、それがベストだけど……」

「そこは警察の領分だから、私じゃ力になれない」

警察がどんな証拠を揃えて逮捕に踏み切ったのかも、まだわからない。

澄野くんの母親の関与が疑われる状況で、死体が見つかった。そう仮定して、私は検討を進めてきた。

「動機は説明できるの？」

「正解だと保証することはできないけど」

「教えてほしい」

そろそろ、日が沈みそうだ。公園内は通行人がちらほらいるくらいなので、声を潜める必要もないだろう。

「その前に、私からもいくつか質問させてもらうね。高校生のとき、家が貧乏だと話していたけど、その頃はまだ、お母さんは店を開いてなかったんだよね」

フランチャイズに加入してマッサージ店を開いたのは、二年前――。澄野くんが大学生になってからの出来事だ。

「よく覚えてるね。あの頃は、父さんも母さんも普通の会社員だった。自分の店を持つのが夢だと母さんは言っていて、給料のほとんどを貯金していた。それで生活が苦しくなったら本末転倒だと思ったけど、夢を諦めろとは言えなかった」

「お父さんの実家から援助は受けられなかったの？」

相続の話を聞く限り、ある程度の資産家であったことは間違いない。

「反対を押し切って結婚したみたいで、ほとんど絶縁状態だった」

確執の原因について、事細かに確認するつもりはない。

「そっか。一生懸命働いて資金を貯めて、フランチャイズに加盟したんだね」

「結果はさっき話したとおり」

赤字経営に陥り、借金が膨れ上がった。

「思い出したくないことかもしれないけど、どれくらいのお金を注ぎ込んだのかも、教えてくれないかな」

訝《いぶか》しげな表情を浮かべながら、澄野くんは答えた。

「初期費用で千五百万円。自己資金が五百万円で、銀行とかから残りのお金を借りたみたい。集客はフランチャイズ本部に任せれば大丈夫って触れ込みだったのに、いざ開店してみたらぜんぜん客が来なかった」

「それで、借金が返せなくなったんだね」

「本部に相談したら、ネット広告の運用とか、内装のリフォームを提案された。大金を突っ込んでたから、引くに引けなくて追加の借金。最終的には、二千万円くらいまで借金が膨れ上がったんだって」

「うん、わかった」

二千万円か。父親が相続した不動産の価値も訊くつもりだったが、今のやり取りで考えを改めた。金銭的な合理性だけを追求したわけではないのかもしれない。

「そろそろ、矢野さんの考えを聞かせてくれないかな」

小さく息を吐く。古城さんや夏倫が真相を明らかにする姿を側で見てきた。

きっと私にもできるはずだ。

「澄野くんの両親は、バックカントリースキーをしている最中に、雪崩に巻き込まれている。多額の借金を抱えて家計も火の車だったはずなのに、意外と余裕があったんだなと、一通りの話を聞いてまず思った。スノーモービルも所有していたんだよね」

最低限の生活すらままならない状況なら、スキー用具やスノーモービルを処分するか、少なくともそれ以上の出費は抑えようとするはずだ。

「やけくそになってたとか……」澄野くんが言った。

「私は、逆の捉《とら》え方をした」

「逆？」

「実際は、そこまで追い詰められた状況ではなかったんじゃないかな」

「二千万円くらい借金があったたって教えたよね」

重要なのは借金の額だけではない。負債と資産のバランスだ。

「澄野くんのお父さんが不動産を相続したのは去年の話でしょ。東京の一等地の一軒家なら、売ろうと思えば引く手あまただったはず」

澄野くんの母親が不動産を売却できない理由は、所有名義人ではないからだ。言うまでもなく、遭難前の父親が売却の手続をとることは可能だった。

それなのに、不動産を手放さなかった。

「ああ、そういうことか」

「借金のこと、お父さんは知らなかったの？」

「知っていた……、と思う」

「不動産も売らなかったし、夫婦でバックカントリースキーを楽しんでいた。その理由を、ずっと考えていた」

澄野くんの目を見て、私は続けた。

「多分、借金を返すつもりがなかったんだよ」

「最初から、母さんは自己破産するつもりだったと？」

澄野くんの瞳《ひとみ》が左右に動いた。驚いたのか、動揺したのか。

「借金が膨れ上がった経緯を聞いて、その可能性が高いと思った。かなり問題がありそうなフランチャイズ本部だよね。訴訟を提起すれば、ある程度の賠償は見込めたかもしれない。でも、銀行は裁判の結果を待ってくれない」

必死に貯めた開業資金を失い、その何倍もの負債が残った。納得した上での借金であれば、あらゆる手段を尽くして返済を果たそうとしただろう。

一方の手元には多額の負債、もう一方の手元には一等地の不動産――。

そのような状況下に陥った夫婦は、何を考えたのか。

「もう少し、わかりやすく説明してくれないかな」

「保証人になっていない限り、夫婦といえども、妻の借金を夫が返済する義務はない。もちろん、逆も一緒。ここまではわかる？」

「夫婦の財布は別々に扱われるってことだよね」

「そう。だから、借金は自己破産で踏み倒すことにして、放置していた」

妻が自己破産をしても、夫の財産は清算の対象に含まれない。

澄野くんが言ったとおり、夫婦の財布は破産手続でも別々に扱われるからだ。

「……すぐに清算しなかった理由は？」

「希望すれば、すぐに借金から解放されるわけじゃない。私も詳しいことは知らないけど、準備を進めてる間に、今回の事故が起きたんじゃないかな」

自己破産を経て借金の返済義務を免除されれば、新たな一歩を踏み出せる。そんな未来を思い描きながら、夫婦で趣味のバックカントリースキーに赴いたのではないか。

そこで――、雪崩に巻き込まれた。

「母さんは、雪山で父さんの死体を見つけた。そう考えているんだよね」

「うん」

考える素振りを見せてから、澄野くんは私に訊いた。

「雪崩の直後に死体が見つかっていたら、どうなっていたの？」

「相続が開始して、澄野くんのお母さんは、不動産を処分できるようになる。裏を返せば、借金の返済に充てるために、処分せざるを得なくなる」

破産手続が開始する前に保有していた財産は、清算の対象となる。相続を遅らせることはできないため、不動産は債権者の手に渡るか売却されてしまう。

「じゃあ、遺体が見つからなかったら？」

「失踪宣告がされるまで、相続は開始しない。具体的には、雪崩に巻き込まれた日から一年。その後に裁判所で特別失踪が認められると、死亡が推定されて、相続の効力が遡《さかのぼ》って生じる。つまり、遺体を隠せば、相続までの猶予期間を得ることができた」

青園さんが教えてくれた法律知識を、私は繰り返しているだけだ。

「その間に自己破産をしたら……」

「借金から解放された状態で、不動産を相続できる」

失踪届の提出、自己破産、失踪宣告、相続……。相続に至るまでの流れを歪《ゆが》めるために、遺体を隠したのではないか。

「あの家を手に入れるために――」

言葉に詰まった澄野くんに、「荒唐無《む》稽《けい》だと思う？」と私は訊いた。

「相続したのは、父さんが子供の頃に住んでいた家なんだ。さっきも言ったけど、反対を押し切って結婚したときから、父さんと祖父母はほぼ絶縁状態だった。僕や母さんは、一度も父さんの実家に行ったことがない。でも、祖父が亡くなったときに、家は長男の父さんに相続させると書いた遺書が見つかった。誰よりも、父さんが驚いていたよ」

「家を継いでほしかったのかな」

「父さんはそう理解していた。仕事があるからすぐに上京はできないけど、定年退職して落ち着いたら、母さんとゆっくり暮らしたい……。そう言ってた」

どのような葛藤《かっとう》が、澄野くんの母親の胸中で生じていたのだろう。

罪を犯すリスク、死者への敬慕、夫の想い、借金の経緯。簡単な決断ではなかったはずだ。失踪宣告によって不動産を相続しても、居住を願っていた夫はこの世を去っている。

本当の動機が明らかになるのかは、警察の捜査次第だ。

「これが、私なりの検討結果」

このストーリーを澄野くんに伝えたことで、事態が好転するとは思えない。訊かれたから答えただけ。そう自分に言い聞かせる。

「ありがとう。凄く参考になったよ。突然、母さんが逮捕されたと連絡があって、迷惑だとわかっていたけど、相談したかったんだ」

「不安になるのは当然だと思う」

私だったら、官庁訪問も出版社の面接もキャンセルしていたかもしれない。

「親が犯罪者だと、官僚にもなれないかな」

「そんなことないでしょ」

公務員の欠格事由に、親の前科前歴は挙げられていないはずだ。面接で打ち明けた際に、どのような評価が下されるのかはわからないけれど。

「あのさ、僕、矢野さんに嘘をついたんだ」

「……どんな?」

「どの省庁を訪問するかはずっと前から決めてたと言ったけど、それは一つだけ。第一志望の省庁に落ちたら、また来年出直すつもりだった」

今日は第一クールの二日目。第一志望の省庁は、初日に訪れるのが通常だ。

「じゃあ、今日はどこも訪問しない予定だったの?」

「うん。でも、インスタを見てたら、矢野さんのストーリーが流れてきて、官庁訪問に来てるかもしれないってわかった。ダメ元で、一番可能性が高そうなところに行ってみたんだ。運よく会えて嬉しかった」

なるほど。何の準備もしていなかったから、二回目の面接で落とされたのか。

SNSの投稿を遡って、私がどの省庁を訪れるかを予測した。きっと、いろんなパターンを検討したのだろう。

私には、まるで理解できない行動だ。それを打ち明ける神経も。

「お母さんのことを相談するため?」

「それもあるけど、矢野さんと話がしたかった」

「そう」

無法律のことも知っていたのだから、新幹線や夜行バスに乗って霞山大まで足を運べば、私の前に姿を現すことはできただろう。

けれど、突然大学に押しかけてきたら、私は間違いなく警戒した。高校時代のことも含めて夏倫や古城さんに相談して、接触を避けたはずだ。

さまざまな大学出身者が一堂に会し、狭い空間で長時間にわたって拘束され、かつ偶然を装うことができる――。

クローズドサークルにおける官庁訪問は、理想的な再会のシチュエーションだった。

私が、何日目にどの省庁を訪れるか。その賭《か》けに勝った澄野くんは……、次に何を考えて、どんな行動に出たか。

「高三のとき、矢野さんだけがクラスで優しくしてくれた。ひとりぼっちだったら、大学受験も頑張れなかったかもしれない」

「私は何もしてないよ」

「本当に、君に救われたんだ。だから――」

私は、ベンチから立ち上がった。

「そろそろ、帰るね」

「えっ」

私が澄野くんに対して抱いているのは、負の感情だ。今さら、それをぶつけるつもりはない。ただ、釘《くぎ》を刺しておいた方がいいだろう。

あの頃とは違う。私は、悪意に敏感になった。

「一つだけ、私も訊いてもいい？」

「もちろん」

「どうして、私が噴水広場にいるってわかったの？」

「日比谷公園って言ったから……」

意表を突かれたように、澄野くんは何度か瞬《まばた》きをした。そして、辺りを見回す。私が何を言いたいのか理解できたはずだ。

「この公園、東京ドームよりも広いらしいよ」

それにもかかわらず、何の確認もなく、私の前に現れた。

どこにいるのか、わかっているかのように。

「しばらく捜したんだ」

「そっか」

訊きたいことは他にない。出口に向かって、私は歩き出した。

「待って」

待たないよ。もう、Game Over だから。

私の就職活動は、「To Be Continued だけど……。なんて。

「僕のこと……、友達だと思ってるから、相談に乗ってくれたんでしょ」

考え直して、私は振り返った。

この問いには答えておいた方がいい。

「違う。これ以上付きまとわれたくないからだよ」

「………」

「お父さんのことも、お母さんのことも、気の毒だなって思った。でもそれ以上に、中途半端な状態で終わらせたら、大学とかで待ち伏せられるんじゃないかって怖くなった。身の安全を守るために、今日一日を犠牲にした」

「待ち伏せなんて……、しないよ」

「信じてあげられない。自分の行動、振り返ってみなよ」

反省の言葉を期待しているわけではない。

「そんな」

「証拠もある。また同じようなことをしたら、次は警察に相談するから」

「待って！」

だから、待たないって。

「さようなら、澄野くん」

古城さんと夏倫は、ダイイングメッセージの謎を無事に解いたかな。

官庁訪問で古城さんのお母さんと話したって伝えなくちゃ。

そういえば、夏倫にもお土産を頼まれているんだった。

太陽が沈み始めている。明日に備えて早く眠ろう。

悪意と立ち向かうには、武器が必要だ。

古城さんに事情を説明して、ゼミ室で保管させてもらおう。

あくびを噛《か》み殺しながら——。

ＧＰＳが仕込まれた金属製の名刺を、ポケットに戻した。

毒入生誕祭

1

「かりんとうが好きだから、かりんなの？」

私のショルダーバッグから滑り落ちたお菓子の袋を指さして、ルナは言った。

「それ芋けんぴだよ」

そう答えると、「なんで、バッグに芋けんぴ」ルナは笑った。

ビルの屋上で私たちは向かい合っている。五分くらい前に、非常階段を上って屋上に出ると、ルナは体育座りでフェンスに背中を預けていた。

ストローを刺したエナジードリンクを地面に置き、左手首からは血が滲《にじ》み出ている。

SNSに投稿したら、『センシティブな内容』と判定されそうな自撮り画像を、ルナは私にメッセージで送信してきた。

その画像を見て、屋上に駆けつけたというわけである。勢いよく屋上の扉を開いたので、芋けんぴがバッグから飛び出してしまった。

「ルナは、月が好きなの？」

小ぶりな耳にぶら下がった三日月のイヤリングを指差しながら訊《き》いた。ルナは、ラテン語で月を意味する単語だったはずだ。

「ただのキャラ作りだよ」

私とルナは、同じビルの四階で営業しているコンセプトカフェ——ウィッチズ・ジュエルのキャストとして、二カ月ほど前に出会った。

「魔女と月は定番だもんね」

「そうそう」

「本名をキャスト名にしてる子って少ないのかな?」

霞山大の経済学部には、瑠奈で『るな』と読む友達がいる。

「もしかして……、かりんって本名?」

「さあ、どうでしょう。そんなことより、そろそろ戻らない?」

ルナの手首から滲み出ていた血は、もう止まっている。落下防止のフェンスは高いので、よじ登ろうとしても止めることができる。

「なんかさ、死にたくなっちゃったんだよね」

ストローを咥《くわ》えながら、ルナは空を見上げた。

ミルクティーのような髪色のハーフツイン。フリルのついた黒のワンピース。ポーチにはたくさんのぬいぐるみ。

危うげな美少女が、月明かりに照らされたビルの屋上で「死にたい」と呟《つぶや》く。撮影した動画をSNSに投稿したら、それなりに拡散されそうなシチュエーションだ。

「何かあったの?」

「担当に切られた」

ホストの話だろう。ルナが、担当ホストに大金を注ぎ込んでいることは知っていた。何度も愚痴を聞かされてきたからだ。

指名被《かぶ》りの客がうざい。アフターの約束をすっぽかされた。そのたびに、どうしてルナは、大金を支払いながら辛《つら》い思いまでしているのだろうと不思議に思っていた。

「切られたってことは、出禁？」

上客であるルナに絶縁を告げるほどのトラブルが起きたのか。

「うん。でも、詳しくは話したくない」

「わかった」

感情の起伏が激しい子なので、店で暴言を吐いたり暴れたのかもしれない。

「あの写真、かりんの前に、そいつに送ったんだ」

「リスカ？」

「そうそう。だけど、ブロックされてた」

「クソ野郎だね」

「ぴえん」

ルナが求めているのは、助言ではなく共感だ。役割を演じることには慣れている。

「そろそろ店に行かないと遅刻しちゃうよ」

「働きたくなーい。お金を稼ぐ必要もなくなったし」

ルナは以前に、担当ホストのためにバイトを掛け持ちしていると言っていた。

「とか言って、次の担当探し、もう始めてるんでしょ」

「バレたか。うん、わかった。おとなしく出勤する。ノエルの生誕祭だしね。ちゃんと盛り上げよう。ルナだって、やるときはやるんだから」

「偉い偉い」

気怠《けだる》そうに立ち上がり、ルナは手首の傷跡を指先でなぞった。

「生きるって辛いなあ」

その一言は、聞こえなかったことにした。

2

ウィッチズ・ジュエル——キャストもお客さんもウィッチと呼んでいる——は、キラキラ魔女をコンセプトにして、内装やメニュー、キャストの衣装などをアレンジしている。

数年前までは、コンカフェといえばメイド喫茶だったが、最近はどんどんバリエーションが増えている。魔女も、珍しいコンセプトではない。だから、オリジナリティを出すために〝キラキラ〟を組み合わせたらしい。理解し難いセンスだ。

大きな鍋《なべ》、瓶に入ったシロップ漬けの虫（おそらく玩具《がんぐ》）、壁に立てかけられた箒《ほうき》……。

それらが、スパンコールやビーズなどで毒々しく装飾されている。魔女とキラキラの相性が悪いことをオーナー以外は確信している。

せめてもの救いは、キャストの衣装は王道の魔女コスプレであることだ。

とんがり帽子、大きなリボン、ダークカラーのワンピースやマント。露出度が控えめなのも高ポイント。

ルールも少ないし、シフトも融通がきくので、キャスト想いの店であることは間違いない。けれど、お客さんにとっても良心的な店ですとは、残念ながら喧伝《けんでん》できない。

ウィッチでは、ノンアルコールボトルから高級シャンパンまで取り揃えているが、その値段設定はルナ曰《いわ》く――、「ちょっと安いホスト」くらいらしい。確かに、オーナーに原価を教えてもらって驚いたことがある。

それに、ウィッチには、チェキやボトルのポイントシステムもある。チェキを撮ったりボトルを入れるごとに、限定特典と引き換えられるポイントが貯まっていく。序盤はグッズや手紙などのプレゼントだが、五〇〇ポイントを超えると、店外での食事やカラオケデートなどのいわゆる〝アフター〟特典が準備されている。

チェキは一枚千円なので、単純計算だと、五〇〇ポイントを貯めるには五十万円かかる。一〇〇〇ポイントだと百万円だ。必死にポイントを貯めるお客さんの場合、目を疑うような会計金額になることも珍しくない。

そして、チェキやボトルの注文が入ると、一定の金額がキャストにバックされる。時給が特別高いわけではないが、バックの歩合給に伸び代があるため、一般的なアルバイトに比べて高額な報酬が期待できる。

もちろん、そういった店だと理解したうえで私は働き始めた。

「ルナは、どうしてウィッチで働いてるの？」

とんがり帽子を被りながら、私は訊いた。

「ホス狂いには風俗の方が向いてるよね」

「そんなことは言ってない」

ルナは、人差し指で極太のブレスレットを回しながら首を傾げた。勤務中は、それで手首の傷跡を隠しているらしい。

「お金は必要だけど、好きでもない人に身体を触られるのは無理。生理的に耐えられない。こう見えて、意外と純情なんだよ」

「コンカフェくらいがちょうどいい？」

「うん。なんやかんや、結構稼げるし」

お客さんの前でも、ルナは素の自分を曝《さら》け出しているように見える。機嫌が悪いときにはほとんど喋《しゃべ》らないし、悪態をつくこともある。

それでも人気なのは、天性の愛嬌《あいきょう》によるものだろう。高ポイントの特典を達成しそうな上客もたくさん抱えている。

「余計なお世話だろうけど、ホストで浪費するの、もったいなくない？」

「なけなしのお金を注ぎ込むからこそ、愛を感じるんだよ」

「哲学的だね」

「そうでしょ。ホストでボトルを入れたら、その分稼がなきゃって頑張れる。愛を売って、愛を買う。これこそが純愛」

双方向ではなく――、一方通行での愛の売買。そう指摘するのは野暮だ。

ルナは微笑んで、「私からしたら、かりんがコンカフェで働いてる方が不思議かな。良くも悪くも、似たもの同士が集まる世界だし」と続けた。

「私、浮いてる？」

「良い意味でね。だって、常識人じゃん」

「そんなこと初めて言われたよ」

どちらかといえば、変わり者と指摘されることの方が多い。

「一人でも生きていけちゃいそうだから、そう感じるのかも。かりん、何かに依存したことかある？」

「あるよ。今も依存してる」

「恋人？」

「ううん。仲間」

そう答えるとルナは笑った。

「友達じゃなくて仲間？　ヤンキー漫画みたい」

「変かな」

「ごめんごめん。言い回しが面白かっただけ。私、友達が多い方じゃないから、そんなふうに答えられるのは、ちょっと羨《うらや》ましい」

鏡を見ながら、ルナは背後の私と会話を続けている。

「ホストと違って、会うのにお金もかからないよ」

「あーっ。嫌みだな。ぴえん。でも、じゃあなんで、コンカフェで働いてるの？　化粧とか服も、ハイブランドばっかって感じでもないし」

「よく見てるなあ」

「そりゃあ美人な新人キャストちゃんが入ってきたら、いろいろ観察しちゃうよ。お客さんを取り合うライバルでもあるわけだし」

ルナの方が、私よりも一カ月早く入店している。他のコンカフェでも働いていたことがあるらしく、いろいろなルールを教えてくれたのがルナだった。

「魔女になって、現実逃避がしたかったの」

「すーぐ、そうやってごまかす」

「あとは……、人生経験かな」

何か言いたそうにルナは首を上げたが、口を開く前にスタッフルームの扉が開いた。

「ルナちゃーん、かりんちゃーん」

間延びした声で入ってきたのは、今日の生誕祭の主役、ノエルだった。

3

シャンパンタワーの飾り付けを手伝ってほしい。そうノエルに頼まれたので、私は雑談を切り上げてスタッフルームを出た。ルナは、「まだメイクが完成してないから」と片手を振って鏡との睨《にら》めっこを再開した。マイペースである。

「衣装かわいいね」

「わーい。ありがとうございます」

私が褒めると、ノエルは微笑んで、右の頰にえくぼができた。その場でくるりと回って、衣装がふわりと膨らんだ。

フロアでは、スタッフが慌ただしく動き回って準備を整えていた。

キャストの誕生日イベントのことを、生誕祭と呼んでいる。ノエルは赤色が好きなので、バラ、りんご、いちごなどがテーブルに並んでいて、テーブルクロスはチェリー柄だ。本人の衣装はワインレッドのワンピース。今日のイベントのために準備したのだろう。

りんごを持ち上げて匂いを嗅《か》ぐと、本物だった。三十個以上はありそうだ。

「イベント終わったら、りんご飴《あめ》パーティーしましょ！」

「ノエルちゃん、作り方知ってるの？」

「知りませーん」

「飴でコーティングするの、けっこう大変だよ」

「じゃあ、りんごジュースで我慢します」

大きな涙袋、ぷっくりとした唇。あどけない顔立ちで、喋るペースもゆっくり。ぎりぎりのあざとさが人気の秘訣《ひけつ》らしく、ルナがよくノエルの口調をまねている。

「シャンパンタワー、すごいね」

フロアの目立つ場所に、シャンパンタワーが設置されている。下から順番に数えていき、七段のタワーだとわかった。おそらく、百個以上のグラスを使用しているはずだ。ＬＥＤライトの淡いピンクで全体が照らされている。

「レンタルしたみたいです」

「シャンパンタワーのレンタルなんてあるんだ」

「設置までしてくれるんですよ」

「へえ……」

企業のパーティーや飲食店のイベントなど、需要はそれなりにあるのかもしれない。

「私も、実物を見たのは久しぶりです」

「誰が注文したの？」

先月も別のキャストの生誕祭があったが、シャンパンタワーは準備されていなかった。

「宗雄《むねお》さんです」

「ああ」

「そういう反応になりますよね」

宗雄は、ノエルの常連客の一人だ。羽振りがよく、既にかなりのポイントを貯め込んでいる。今回のシャンパンタワーで、ノエルとの店外デート特典を手に入れるのではないか。

「ちなみにいくら？」

「これくらいです」

ノエルは指を三本立てた。三十万円か。

「思い切ったね」

「ホストだと百万超えも珍しくないみたいですよ。恐ろしい世界です……。特にこだわりもないので、スタッフさんに選んでもらいました」

「ノエルちゃん、お酒飲めないよね」

「平常運転で、ノンアルコールシャンパンタワーです」

ノンアルコールで三十万円。原価を持ち出すのもナンセンスな世界だし、これが夢を売るということなのかもしれない。

「シャンパンタワーデビュー、おめでとう」

「かりんちゃん、優しい。そういえば、友達から聞いたんですけど、最近はホストでボトルを入れても、飲まないで持ち帰る子が増えてるらしいですよ」

「……なんで？」

「推しに身体を壊してほしくないからかと。売り上げを伸ばして、推しに喜んでほしい。そのためにボトルを入れるだけで、飲んでほしいわけじゃない。みたいな」

「一緒に過ごす時間に、何百万円もの大金を支払うってこと？」

「まさしく」

「理解できないなあ」

ノエルはシャンパンタワーを眺めながら、「同感です」と言った。

「それ、ルナから聞いた話？」

「別のホス狂いです」

この話題を掘り下げると、あっという間に開店の時刻を迎えてしまいそうだ。

「もう完成しているように見えるけど、何を手伝えばいいの？」

レンタル業者がセッティングしたのなら、素人が不必要に手を触れるべきではないだろう。

崩してしまったら、今日のイベントを台無しにしかねない。

「もうちょっと派手にしたいんですよねー」

「充分派手だよ」

何段も積み重なったグラスの上からシャンパンを注ぐ――。地味なシャンパンタワーは、おそらく存在しない。

「魔女っぽさが足りないなあと」

「必要？」

「ウィッチズ・ジュエルなんですから、必要ですよ。かりん氏のご意見を賜《たまわ》りたく、ご相談した次第です」

うやうやしい口調で、ノエルは言った。

「せっかくいっぱいあるんだし、いちごとかりんごを切って、グラスに飾り付けてみたら？フルーツなら、シャンパンの邪魔にもならないだろうし」

「それです！」

誰でも思い付きそうなアイディアだが、ノエルは両手を合わせて大きな声を出した。

「じゃあ、みんなで協力しよう」

りんごはキッチンでうさぎ型に切ってもらい、私とノエルはいちごでシャンパンタワーを彩った。土台にバラを並べたら、思ったより見栄えが良く、二人で盛り上がった。

「やっぱり、かりんちゃんは凄《すご》いなあ」

「褒めても何もあげないよ」

余ったいちごを口に放り込んでから、「そういえば、シャンパンコールとかどうするの？」とノエルに訊いた。

「何も考えていませんでした」

「沈黙のシャンパンタワーって地獄すぎるでしょ」

キャストやスタッフも一緒に盛り上げる必要があるが、事前に内容を聞いておかないとグダグダになってしまう。お決まりのコールのようなものも、特にない。

「マズいですね」

「とってもマズい」

「うーん、どうしようかな……。あっ、そうだ」ノエルは目を輝かせて、「『森のくまさん』とか、どうです？」

「どうですって——」

止める間もなく、ノエルは童謡の冒頭を歌い始めた。

「こんな感じで、あとはノリで乗り切ります」

「まあ、ノエルちゃんに任せるよ」

せめて魔女の要素をコールに盛り込むべきだと思ったが、「かりんちゃんが考えてください」と言われかねないのでやめておいた。

「タワーもいい感じ、コールも完璧《かんぺき》。うんうん。万事ＯＫです」

微笑ましいくらい楽観的だ。その素直さが少し羨ましい。

「これ、グラスに何か入ってない？」

シャンパンタワーの近くに立って覗《のぞ》き込むと、グラスの底に粉末のようなものが入っていた。一つだけかと思ったが、全てのグラスに入っているようだ。

「それは、食紅」

そう答えたのは、スタッフの葛井竜《くずいりゆう》だった。二十代後半で、長い髪を明るく染めている。うさぎ形のりんごが入った容器を手に持っている。

「食紅って……、何でしたっけ」

「着色料。ノエルが、シャンパンも赤色にしたいと言い出したから」

するとノエルは、「赤色のノンアルシャンパンを買ってねって、私は言ったもん」と口を尖《とが》らせた。

「多分、それでいい感じになる」

シャンパンをグラスに注げば、食紅と混ざって赤く染まるということだろう。どれくらいの濃さになるのか、きちんとテストをしていると信じたい。

「口に入っても大丈夫なんですよね」

「うん、食用だから」

りんごをシャンパンタワーに飾り付けた後、葛井がノエルの肩を叩《たた》いて、二人はキッチンの方に向かっていった。

その背中を、何だかなあと思いながら私は見つめた。

＊

開店時刻を迎えて、ノエルの生誕祭が盛大に始まった。

シャンパンタワーを囲んで、キャストとスタッフで『森のくまさん』コールを披露した。

ノエルは幸せそうに笑っていた。

宗雄は誇らしげに座っていた。

シャンパンが注がれて、グラスは赤く染まった。

キャストやお客さんがシャンパンタワーのグラスを手に取り、ノエルが乾杯の音頭をとった。

その約十分後――。

くまさんこと宗雄が嘔吐《おうと》し、病院に救急搬送された。

4

宗雄は酔い潰《つぶ》れて倒れたわけではない。コール後に手に取ったのはノンアルコールのシャンパンだったし、他にドリンクの注文は入っていなかった。

それにもかかわらず、体調不良を訴えて嘔吐したのである。

病院に同行した葛井は、ウィッチに戻ってきてから、漂白剤による食中毒によって倒れた可能性があると、スタッフやキャストに報告した。

嘘だろ……、とスタッフの一人が呟いた。

食中毒という事態の深刻さ。さらに、不可解な状況に理解が追いつかなかったことから、嘆きの言葉が漏れたのではないか。

そのスタッフ以上に、私の顔は青ざめていたと思う。

ただの事故ではないと、誰よりも早く気がついてしまったからだ。

葛井の報告を前提にすれば、宗雄がウィッチで口にしたドリンクやフードのいずれかに、漂白剤が混入していたことになる。

コンカフェは飲食店でもあるので、日常的に漂白剤を使用している。まな板やピッチャーの殺菌から頑固な汚れ落としまで用途はさまざまだ。実家でも母親がたまに使っていたが、学校のプールを思い出す独特な臭いが私は苦手だった。

漂白剤入りの飲み物を提供して、お客さんを病院送りにする。

そういった事故は、ネットニュースで何度か見かけたことがある。漂白中のポットやピッチャーに入っていた液体が、何らかの手違いで飲料水として提供される……。考えただけで背筋が寒くなる。

希釈液であっても、腐食作用によって口内や喉《のど》の粘膜を傷つけてしまう。胃液と反応すると、体内で有毒なガスが発生する危険性もあるらしい。

医師が『漂白剤による食中毒』と診断したのであれば、その事実は重く受け止めなければならない。問題は——、いつ、どこで、漂白剤が混入したかである。

葛井から報告を受けた後、記憶が薄れないうちに、開店後の流れを振り返った。

出勤していたキャストは、ノエル、ルナ、私を含めて五人だった。二十席の客席のうち、開店時点で十五席が埋まっていた。

当然、主役はノエルだ。衣装やメイクも目立ちすぎないように注意した。

最初に入店したのが宗雄だった。おそらく、開店の数十分前から待機していたのだろう。ストライプ柄のシャツを着て、大きな紙袋を両手に抱えていた。生誕祭なので、誕生日プレゼントを準備してくるお客さんが多い。

濃い髭《ひげ》、角刈りに近い短髪、ずんぐりむっくりの身体。

宗雄の外見を一言で形容すれば、クマだ。だからノエルは、『森のくまさん』でシャンパンコールをしようと思い立ったのだろう。

チキンライスにケチャップでクマを描いてほしいとリクエストするくらいなので、この程度の〝いじり〟で宗雄が怒るとも思えなかった。ちなみに、ウィッチのドリンクやフードに魔女の要素は皆無だ。メイド喫茶のメニューを、そのまま流用しているのかもしれない。

私が接している限り、宗雄はいいお客さんだ。

推しはノエルだと明言しているが、他のキャストに対してあからさまに態度を変えることはなく、むしろ分け隔てなく接している。

「こんな見た目だけど、ばりばりのエンジニアなんだよ」

勤務初日、立ち回り方がわからず困っていた私に、そう話しかけてくれた。

今回の生誕祭でも、ノエルが休みの日に宗雄はウィッチに来て、プレゼントは何が良いと思うかと私が相談を受けた。ノエルが愛用しているコスメを薦めたが、持参した袋の大きさを見る限り、他のプレゼントも準備してきたようだ。

コンカフェにおける〝いいお客さん〟は、財布の紐《ひも》が適度に緩く、説教癖や独占欲などのマイナスポイントが少ない客を指しているというのが、二カ月働いた私の分析だ。

今日も、私は宗雄と数分話をした。入店した宗雄が席についた後、ノエルが他のお客さんを出迎えている間の時間だ。

シャンパンタワーについて、私はまず触れた。ノエルちゃん、とっても喜んでいたよと。もちろん、『森のくまさん』コールが待ち構えていることは秘密にした。

そこで宗雄の表情が明らかに曇った。

どうしたの、と私は訊いた。

SNSのメッセージで脅されたんだ――。宗雄は、そう小声で言った。説明を求めると、一週間くらい前に、『シャンパンタワーの注文を取り消せ。さもなくば、生誕祭で後悔するだろう』と書かれたダイレクトメッセージを受信したという。

キャストの私ですら、当日までシャンパンタワーの注文が入っていることを知らなかった。一部の関係者間でしか情報共有されていなかったのではないか。

宗雄は、ノエル推しの客が脅迫してきたと理解したようだ。

高額なシャンパンタワーは、誰もが注文できるわけではない。嫉妬《しっと》による脅迫……。あり得ない話ではないと思った。シャンパンタワーについて、ノエルが事前に他の客に言いふらしていた可能性もある。

「推しを邪魔する脅迫メッセージを送ってくるなんて、客の風上にも置けない」

そう憤った宗雄は、メッセージを無視して、誰よりも早く生誕祭に足を運んだ。

この会話の最中、近くに別のキャストやスタッフはいなかった。詳しく聞き出そうとしたところで、イベントが始まった。

深く考える時間はなく、ただの嫌がらせだろうと、私も安直に受け止めてしまった。

しかし、それからほどなくして、宗雄は倒れた。

偶然だとは思えなかった。何者かが、悪意をもって、宗雄に漂白剤を盛った。事故ではなく傷害事件……。しかも、犯行はメッセージで予告されていた。

入店したお客さんの案内が終了して間もなく、主役のノエルが挨拶《あいさつ》して、シャンパンタワーを覆っていたクロスを外した。

「なんと、宗雄さんがシャンパンタワーを注文してくれました！　さらに、さらにですよ。みんなの乾杯ドリンクに、と言ってくれたんです。太っ腹！　ノンアルコールなので、みんなで美味《おい》しくいただきましょー」

マイクを受けとった宗雄は、「見てのとおり、太っ腹です」とお腹を突き出した。

「私へのメッセージはないんですか」

「生誕祭、おめでとう」

そんなマイクパフォーマンスが行われた後、急遽《きゅうきょ》準備した『森のくまさん』の音源をスピーカーから流して、ノエルが歌い出した。

私やルナもコールに参加したが、その内容が今回の事件と関係しているとは思えない。

ノンアルコールシャンパンは、ボトルで七本。コールの最中に、スタッフが栓を開けた。スタッフは、全員男性で、葛井も含めて三人だった。

最上段のグラスから注ぎ始め、溢《あふ》れたシャンパンが下段に流れていく。特にリハーサルもしていなかったが、思いのほかうまくいったので、見ていて気持ちよかった。

シャンパンを注ぎ終えた後、ノエルが最上段のグラスを手に取って、「みなさんもグラスを取って、乾杯しましょー」と言った。

ノエルの指示に従って、各々がシャンパンタワーに近づき、グラスを取って席に戻った。順番としては、ノエル、宗雄、宗雄以外のお客さん、ノエル以外のキャスト……、で合っているはずだ。

「かんぱーい！　よいしょ！」

そこからは、慌ただしく動いていたので、キャストやお客さん一人一人の動きまでは把握していない。私は、テーブルを回って、飲み物や料理のオーダーを聞いた。

異変に気がついたのは、ノエルが乾杯の音頭をとってから、十分ほど経った頃だ。

宗雄がぜえぜえと肩で息をしながら、喉を搔《か》きむしっていた。すぐに近づいて声を掛けると、

「なんか苦しい……」と掠《かす》れた声で宗雄は言った。

周囲を見渡すと、葛井と目が合ったので、助けを求めた。

何か喉に詰まったのかもしれない。そう思ってテーブルを見たが、シャンパンがわずかに残っているグラスしか置かれていなかった。

そのグラスを覗き込んだ葛井は、無言でキッチンの方に向かっていった。何が起こっている

のかわからず、私はテーブルの前で立ち尽くしてしまった。それから一分も経たずに、葛井がタンブラーを手に持って戻ってきた。

ステンレス製なので、何が入っているのかは見えなかった。項垂《うなだ》れていた宗雄は、葛井に手渡されたタンブラーを口元に運んだが、飲み切る前に嘔吐した。

宗雄が救急車で救急搬送された後、事態を正確に把握している者はいなかったが、何事もなかったかのように営業を続けることはできなかった。

お客さんに謝罪した上で、臨時閉店することを決めた。ショックで泣き始めたノエル。私服に着替えて携帯を弄《いじ》るルナ。手持ち無沙汰《ぶさた》で店内を歩くキャスト……。

やがて、店内の後片付けが行われた。そのままにしておいた方がいいんじゃないですか。そう指摘すべきだったのかもしれないが、私も無言で手を動かしてしまった。

他のスタッフやキャストは、体調不良で宗雄が倒れたと理解したはずだ。ほとんど何も口にしていない状態で嘔吐したのだから、無理もない。

しかし、病院から戻ってきた葛井の口から『漂白剤』という単語が飛び出したため、大慌てで保健所に連絡を取った。

多くの人間が、同じ疑問を頭に思い浮かべただろう。

漂白剤は、何に混入していたのかと。

幸いにも宗雄はすぐに退院できたようだ。もちろん、軽症だったので万事解決というわけにはいかない。だが、原因究明や再発防止策を講じる前に、事態は思わぬ展開を迎えた。

風営法違反で、ウィッチが摘発されたのである。

5

「営業停止、よいしょ！」

ファミレスの格安グラスワインを持って、ルナが大きな声を出した。オフモードだからか、いつも以上に服装が派手だ。

「まだ処分は決まってないよ」

食中毒騒動から一週間後。私、ルナ、ノエルの三人は、ファミレスに集まってピザやパスタを大量に注文した。『憂さ晴らし爆食い集会』とルナが命名した。

「法律に詳しい友達が、営業停止って言ってたんでしょ」

「まあ……、うん」

事情を古城さんに伝えたところ、すぐに法的な見通しが長文のメッセージで返ってきた。私がコンカフェで働いていることについては、何も言及がなかった。

営業停止処分も覚悟した方がいいというのが、古城さんの見解だった。

「あの、すみません！」

ノエルが、勢いよく頭を下げた。前髪にパスタのソースがついてしまいそうだ。

「別に怒ってないよ」ルナは、ノエルの頭を撫《な》でてから、「でも、童顔とは思っていたけど、十七歳とは……、ルナお姉さんもびっくりだなあ」と続けた。

「お恥ずかしい限りです」

「高校生ってこと？」

「年齢的には。でも、一年以上前に退学しました」

ウィッチが摘発されたのは、未成年のノエルを働かせていたことが理由だった。宗雄の件で聴き取り調査が行われた際の身元確認で発覚したのである。

「未成年で働いてるコンカフェ嬢、何人も知ってるけどね。バレてないだけで、違法営業してるってこと？」

ルナが私を見たので、古城さんから聞いた情報を伝えた。

「コンカフェにも、いろんな種類があるんだって」

「メイド、魔女、ナース、獣、学校。まだまだ挙げられる」

「えっと……、コンセプトじゃなくて、法律の話。風俗営業の許可を取ってる店と、取ってない店がある」

「風俗営業？」とルナは首を傾げた。

ノエルは、ストローでオレンジジュースを飲んでいる。未成年だとわかったので、お酒を勧めるわけにもいかない。

「うん。風俗って言っても、ソープとかデリヘルの話じゃないよ。飲食店でも、店員が接待もしている店は、風俗営業の許可を取る必要があるって聞いた」

「接待って、お酌とか？」

私も、接待とは何かと古城さんに訊いた。返ってきたのは、「歓楽的雰囲気を醸し出す方法により客をもてなすことが風営法上の接待」という答えで、なおさらわからなくなった。そこで、『風営法　接待　具体例』とインターネットで検索した。

「特定のお客さんの近くにずっとついて、話しこんだり、お酒を一緒に飲んだりするのは、接待に当たるらしいよ」

「それだけで？」

「そう。ウィッチは、明らかにキャストが接待してる」

通常の飲食店でも、店員がお酌や雑談をするのは珍しくない。ただ、オーダーを取ったり料理を提供するときだけに留《とど》まらず、長時間テーブルの近くで談笑している場合は、接待とみなされるということなのだろう。

「その許可を取っていなかったってこと？」

「ううん。そこはちゃんとしてた」

「それなら問題ないじゃん」

風俗営業の許可を取っているコンカフェでは、キャストがお客さんを接待することが認められる。ただし、あらゆる接待が許容されるわけではない。

「未成年は、ダメなんですよね」ノエルが言った。

「そう。未成年の店員による接待は、風俗営業の許可にかかわらず、禁止されている」

「未成年が接待してる店、他にも知ってますけど」

拗《す》ねたような表情を浮かべたノエルに、「接客って建前で風営法の規制を受けずに営業しているか、ウィッチみたいに違法営業状態か。どっちかだと思う」と伝えた。

「かりんちゃん、弁護士みたい」

「ほとんど受け売りだよ」

実際、古城さんのメッセージを読み上げているだけだ。

「ノエルが未成年だって、オーナーとかは知ってたの？」ルナが訊いた。

「面接では、お姉ちゃんの免許証を見せて二十歳って伝えました」

「姉の振りをしたってこと？」ノエルが頷《うなず》いたのを確認して、「今回の件で一番驚いてるの、オーナーかもね」とルナは苦笑した。

「高校を退学した後、親と喧嘩《けんか》して家を飛び出したんです。そのときに、お姉ちゃんの財布を持ち出しました。それから一年以上経つけど、一度も家には帰ってません」

唐突に、ノエルは身の上話を始めた。

「よく生活できたね」素直な感想を私は伝えた。

「しばらくは、ナンパしてきた男の人の家を転々としていました。でも、一人でまったりと生きたくなって、最近はホテル暮らしです」

親の協力が得られないので、賃貸物件には住めないという。

「お金、足りなくない？」

「一泊五千円なので、普通のバイトだと正直キツいです。コンカフェならチェキとかドリンクのバックも期待できるから、一番条件がよかったウィッチを選びました」

毎月ホテル代だけで十五万円くらいかかる計算になる。今の生活を維持するには、高収入のバイトを選ぶ必要があった……。私やルナに比べると切実な理由だ。

「これから、どうするの？」私は訊いた。

ウィッチが営業再開したとしても、未成年のノエルはクビにせざるを得ないだろう。

「うーん。まずは貯金が尽きるまでに、次の仕事を探します。さっきの話だと、ソープとかデリヘルも、未成年は働けないんですよね」

「そうだと思うよ」

性風俗の世界に飛び込むことに躊躇《ためら》いはないようだ。

「困りました。ぴえん」

そこでルナが、「葛井を頼ればいいじゃん」と言った。

「えっ?」

「付き合ってるんでしょ? 見てればわかるよ」

ノエルが私の方を見たので、「そうかな、とは思ってた」と伝えた。

キャストとスタッフという関係性にしては、お互いにタメ口だし、ボディタッチも多い。明らかに距離感が近かった。本人たちは周囲にバレていないと思っていたのだろうか。

「黙っていてすみませんでした」

「別に謝ることじゃないよ。葛井は、ノエルが未成年だって知ってたの?」

「はい。彼にだけは、付き合う前に話しました」

「うわあ……。それはちょっと引くかも。向こうは何歳だっけ?」

「二十七です」

十歳の年齢差。大学でも、社会人と付き合っている友達はそれなりにいる。成人同士の年齢差恋愛は、倫理的にも許容されやすい。

「葛井の家に転がり込めばいいじゃん」ルナが踏み込んだ提案をした。

「あんま頼りたくないんですよね」

「なんで？　未成年に手出したんだから、責任取らせなよ」

それとこれとは別問題のような気もしたが、口は挟まないことにした。

「彼、独占欲が強くて、私のすることにけっこう口を出してくるんです。私服とか、お客さんのこととかも。だから、同棲《どうせい》は無理かなって」

「何となく想像できるけど、ウザいね。なんで別れないの？」

「ズバズバ言ってくれるルナちゃん、好きです。正直、何度か別れようかと思ったことはあります。でも、店で気まずくなるのは嫌だし、私が未成年なことも知ってたので……」

「別れたら、オーナーにバラされると思った？」

ノエルは無言で頷いた。葛井の言い分を聞いていないので断言はできないけれど、良好な関係性ではなかったのかもしれない。

そんなことを考えながら、私は尋ねた。

「葛井さんのこと、宗雄さんに相談してないよね？」

「恋人がいるなんてお客さんに話したら、コンカフェ嬢失格ですよ」

「本当に？」

「……本当です」

ノエルと葛井の関係性。宗雄が生誕祭で私に語った内容。一連の食中毒騒動。風営法違反での摘発。全てを一本の線で繋《つな》ぐストーリーが、ふと頭に浮かんだ。

二人の反応をうかがってみよう。

「誰が漂白剤を入れたのか、わかったかもしれない」

6

ファミレスを出た後、そのまま三人でウィッチに向かった。合鍵《あいかぎ》は、開店準備を任せられることも多いルナが持っていた。

店内は、生誕祭の後片付けが中途半端に行われた状態で放置されていた。保健所の立入検査は既に終了しているはずだ。

カウンターの近くのテーブルに、三人で並んで座った。

「さっきの話、詳しく聞かせてください」

さっそくノエルに急《せ》かされたが、「その前に、葛井さんから聞いた情報があれば、私たちにも教えてくれないかな」と頼んだ。

「たとえば、どんなことですか?」

「宗雄さんを介抱して、病院にも一緒に行った。関係者の中で、彼しか把握していない情報がたくさんあるはず」

今回の騒動の後、葛井とゆっくり話す機会は得られなかった。仕事外で個人的に連絡を取り合う関係性でもない。

「竜くん……、医者に言われる前から、漂白剤が原因だと思っていたみたいです」

ノエルは、葛井を下の名前で呼んだ。それが普段の呼び方なのだろう。

「心当たりがあったの？」

「宗雄さんのグラスから、漂白剤の匂いがしたと」

ノンアルコールのシャンパンが入っていたグラスのことだろう。

宗雄が体調不良を訴えた後、私は目があった葛井に助けを求めた。葛井は、宗雄のグラスを覗き込んで、キッチンの方に向かっていった。

「確か、キッチンからタンブラーを持ってきたんだよね」

「何が入っていたと思います？」

「水じゃないの？」

喉を詰まらせたときも、人体に有害なものを飲み込んだときも、とりあえず大量に水を飲めと、親に教わった記憶がある。

「生卵です」

「えっ？」

意外な単語が飛び出したので驚いた。

「生卵を飲ませること自体は、適切な応急処置らしいです。傷ついた粘膜を保護する効果があるらしくて。飲みやすくするために少し水で薄めたと言ってました」

「へえ。知らなかった」

漂白剤の誤飲は注意すべき事故として有名なので、スタッフ間で対応のフローを決めていたのかもしれない。

「宗雄、卵ダメじゃなかった?」

ルナが言った。お客さんも呼び捨てにするのが、彼女の接客スタイルである。

「そうです。誰から聞きました?」

「本人。ノエルがいないときに来て、適当にオムライスを勧めたら拒否られた」

「好き嫌いのレベルじゃなくて、卵アレルギーなんです。竜くんは良かれと思って生卵を持ってきたんですけど、結果的にはかなりの悪手になっちゃいました」

初めて聞く情報だったので、携帯で調べた。

卵アレルギーは、子供の頃に発症することが多い食物アレルギーだが、宗雄のように大人になってから急に食べられなくなるパターンもあるようだ。

そういえば、ケチャップでクマを描いてほしいと頼まれたときも、宗雄が頼んだのはオムライスではなくチキンライスだった。赤に赤で描きにくいと思った記憶がある。

「漂白剤を飲んで苦しんでる最中に、生卵で追い討ちを喰《く》らったってこと?」私は訊いた。

「まさに踏んだり蹴《け》ったりです」

タンブラーを口に運んだ後、宗雄は卓上で嘔吐した。漂白剤が原因だと思い込んでいたが、アレルギー症状によるものだったのかもしれない。

常連客にもかかわらず、スタッフ間で注意事項として共有されていなかったようだ。

「他には何かある?」

「お医者さんには、やっぱり漂白剤が原因だと伝えられたらしいです」

医師の発言だけでは、どこに漂白剤が混入していたのか特定できなかった。けれど葛井は、シャンパンのグラスから、漂白剤の匂いを嗅ぎ取ったと話しているという。

　これは重要な情報だ。

「ありがとう。だいたいわかった」

「かりんちゃんの推理を聞かせてください」

　自身の生誕祭がきっかけで起きた騒動だ。ノエルが前のめりになる気持ちも理解できる。もったいぶらずに、私の考えを伝えることにした。

「推理と呼ぶほどのものじゃないよ」

　そう前置きしてから、私は続けた。

「漂白剤は、いつどこで混入したのか。それをずっと考えてた。だけど、開店からの記憶を振り返っても、見当もつかなかった」

「シャンパンタワーのグラスじゃないんですか」ノエルが首を傾げた。

「あのシャンパンタワーは、業者からレンタルしたんだよね」

　百個以上のグラスを七段積み重ねて、上からシャンパンを注いだ。

「そうです。当日の昼過ぎに届いたそうです」

「タワーの設置も業者が行った」

「レンタルした時点で、グラスに漂白剤が残っていたんじゃないですか。注文が入ったら、毎回漂白してたとか。そうだとしたら……、業者のミスですよね。オーナーに伝えた方がいいのかもしれません」

「シャンパンコールが終わった後、お客さんもキャストも、一個ずつグラスを手に取った。順番は、ノエルちゃん、宗雄さん、他のお客さん、他のキャストだった。ノエルちゃんが、最上段のグラスを取ったのは覚えてる。でも、宗雄さんがどれを選んだのかは曖昧《あいまい》」

「それだけ覚えていれば充分ですよ」

「二段目のグラスは、複数個あった。それに、上に他のグラスが載っていなかったところも候補に挙がる。要するに、選択肢はいくつもあったってこと」

「……だから？」

再びノエルは首を傾げた。

「宗雄さんが倒れて騒ぎになるまでの間に、あのシャンパンを飲んだ人は何人もいた。でも、体調不良を訴えたのは一人だけだった。つまり、シャンパンタワーが原因だったとしたら、宗雄さんのグラスにだけ漂白剤が混入していたことになる」

「それが正解でいいんじゃないですか。一つだけ漂白剤を多く入れすぎて、洗い切れずに残っちゃってたとか。運悪く、外れくじが宗雄さんに渡ったわけです」

そこが思考の分岐点になる。一呼吸置いてから、私は答えた。

「宗雄さんが食中毒の被害者になることは決まっていた。私はそう考えてる」

「えっ」

ノエルは口を大きく開けて固まった。携帯を弄っていたルナの指先も止まった。

「生誕祭の一週間くらい前に、シャンパンタワーの注文を取り消せと脅迫するメッセージが、宗雄さんに届いたんだって――」

騒動の後、すぐオーナーに報告したが、キャストには伝わっていなかったようだ。

『シャンパンタワーの注文を取り消せ。さもなくば、生誕祭で後悔するだろう』

　メッセージを無視した結果、宗雄は生誕祭の最中に食中毒で倒れた。事故ではなく、事前に予告された犯行だと理解するのが素直だ。

　私の考えを伝えると、二人の表情が強張《こわば》った。

「宗雄さんのグラスに漂白剤を入れた犯人がいる……」

　呟くように、ノエルは言った。

「さっき話したとおり、第三者による犯行は不可能だったはず。あらかじめ一つのグラスにだけ漂白剤を仕込んだとしても、宗雄さんの手に渡らなければ意味がない。でも宗雄さんは、自分の意思でグラスを選んだ」

「漂白剤入りのグラスを選ぶよう誘導することは……、できないですよね」

「少なくとも、私には思い付かない」

　各々が一つずつグラスを手に取る。宗雄の順番は二番目。どちらも、ノエルがシャンパンコール後に提案したことだ。

　何かトリックがあるのだとすれば、犯人は提案者……、ノエルである可能性が高い。

　方法を特定できていない以上、その疑念を口にするわけにはいかない。

「へえ。面白くなってきたじゃん」

　携帯をポケットに入れたルナに、「どう思う？」と訊いた。

「犯人がいるなら、スタッフかキャストだろうね」

「私たちも容疑者ってことになる」

出勤していた五人のキャストのうち、三人がこの場に集まっている。

「グラスに漂白剤が入っていたって決めつけてるけど、他の可能性も疑うべきじゃないかな。そこがスタートラインになるわけだし」

「たとえば？」

「シャンパンボトルとか」

グラスではなくボトル。面白いアイディアだと思ったが、私は首を横に振った。

「シャンパンタワーに注いだのは七本。全て未開封で、コールが始まってから栓を抜いた。それに、ボトルに混入していたなら、もっと多くの人が苦しんでいたはず」

「宗雄、他には何も飲み食いしてないんだっけ？」

「最初に口にしたのが、ノンアルのシャンパンだったはず」

「うーん。何を見落としてるんだろうなあ……」ルナは考える素振りを見せてから、「あっ、そうだ！」と大きな声を出した。

「何か閃《ひらめ》いた？」

「宗雄、シャンパンコールの前にトイレに行ったよね」

「うん」

正確には、入店してから私がテーブルにつくまでの時間だ。

「そこで一服盛られたとか」

「どうやって？　備え付けのマウスウォッシュとかもないよ」

「あったとしても、宗雄は使わないよ。口臭とか気にするタイプじゃないし。トイレなら、口以外からも侵入する経路はあるでしょ」

嫌な予感がしたので、ルナが答えるのを待った。

「ウォシュレットだよ」

「いや……、それはないでしょ」

「トイレに行くタイミング、どの個室を選ぶのかを把握していれば、宗雄の肛門《こうもん》を狙い撃ちすることもできたはず」

「ウォシュレットのノズルに漂白剤を仕込んだってこと？」

「まさに。大胆不敵なアイディア」

脳裏に浮かびそうになった映像を振り払った。

「もし可能だったとしても、診察した医者が気付くんじゃないかな。食道を通ったのか、肛門を通ったのかじゃ、ぜんぜん違うだろうし」

そもそも、肛門から入った漂白剤が、嘔吐などの症状を引き起こすのかも怪しい。

「かりん探偵の名推理は？」

「犯行は予告されていた。でも、第三者が漂白剤を仕込む機会はなかった。だから、もっと単純に考えた」

結論は、ノエルの方を見て伝えた。

「宗雄さんの自作自演だったんじゃないかな」

シャンパンタワーからグラスを手に取ってテーブルに戻った後、周りの視線をうかがってこっそり漂白剤を入れたのではないか。

「ちょっと待ってください。宗雄さん、病院送りになってるんですよ？　何のために、そんなことを？」ノエルに訊かれた。

「今回の騒動が起きたことで、保健所の立入検査が行われて、ノエルちゃんが未成年だと発覚した。異物混入による食中毒、未成年接待の風営法違反……。ウィッチは、営業停止処分を受ける可能性が高い」

「それで宗雄さんに何の得があると？」

常連客に汚名を着せようとしているからか、少し怒っているように聞こえた。

「ノエルちゃんと葛井さんが付き合っていることを、宗雄さんが知っていたとしたら、動機になり得るんじゃないかな」

「嫉妬で、店をめちゃくちゃにしようとしたとでも？」

推しのコンカフェ嬢とスタッフが付き合っている。恋愛対象として見ていたのであれば、かなりのショックを受けたはずだ。あるいは、アイドルの熱愛報道に激怒するファンのように、好意が憎悪に切り替わったのかもしれない。

私が宗雄に対して抱いていた印象とは反する動機だ。だが、そんなはずはないと擁護できるほど、人となりを知り尽くしているわけではない。

「彼氏に束縛されて困っている姫の救出——。王子様になろうとしたのかもよ」

ルナが指摘した。未成年に手を出し、ファッションやお客さんとの関係性にも口を出される。そこまで踏み込んだ相談をしていたのであれば、宗雄が暴走することもあり得る。

「竜くんのことは話してないって言ってるじゃないですか」

ノエルの大声が店内に響いた。

「他のキャストが告げ口してないって言い切れる？　色恋はさ、正常な判断能力を奪うんだよ」

「ホス狂いの恋愛観を押し付けないでください」

「へえ。言うようになったじゃん」

「二人とも、やめなって」

放っておくと喧嘩になりそうなので割って入った。

「もういいです」

拗ねたようにノエルは俯《うつむ》いた。

漂白剤の混入は宗雄の自作自演。動機もいくつか考えられる。これで、一応の説明はついているはずだ。オーナーも、いずれ同じ結論に行き着くのではないか。既に警察に相談しているかもしれない。

けれど、他の可能性はないのだろうか。

古城さんに改めて相談することを、私は心の奥底で決めていた。

彼なら、あるいは……。

7

翌日。私はノエルを連れて、無法律のゼミ室を訪れた。二人と話したいと、古城さんからメッセージが届いたからだ。

　ノエルを連れて行くことに若干の抵抗があった。

　ただ、真相を明らかにするために、私もリスクを冒すことにした。

　ゼミ室では、古城さんが一人で椅子に座って何か作業をしていた。本棚から溢れた大量の専門書が床に積み上がっている。

「散らかっていますが、楽にしてください」

　そう促されたので、私たちはソファに並んで座った。

「こちら古城行成さん。無法律の代表」

「初めまして、ノエルです」

　ぺこりと頭を下げたノエルに、「三人しかいないゼミですが」と古城さんは自虐するように苦笑した。

「かりんちゃんに聞きましたが、法律問題を解決する場所なんですよね。私が呼ばれた理由、よくわかっていないんですけど……」

　古城さんの視線を感じたが、気がついていない振りをした。

「確かに、法的な論点は多くありません。異物混入による食中毒や未成年接待で店側が処分を受ける可能性は高いですが、ノエルさんが罪に問われるわけではありません」

「私、お姉ちゃんの振りをして面接を受けちゃって……」

　成人である姉の運転免許証を呈示して、ウィッチの面接を突破した。ファミレスで発覚した新たな事情も、古城さんには共有している。

「免許証を偽造したわけでもありませんし、気付かなかった落ち度は店にもあると思います。ただ、行政処分を受けて営業損失が発生した場合は、その補塡《ほてん》を求められるかもしれません。そういう展開になったら、また相談にきてください」

「わかりました。ありがとうございます」

古城さんを頼ったのは、ノエルの今後が心配だったから、というのも理由の一つだ。

高校を中退して、未成年でコンカフェ嬢として働いている。親とは絶縁状態でホテル暮らし。そんな生活が一年以上も続いているという。次の仕事先が見つからなければ、これまで以上に危険な世界に足を踏み入れかねない。

行政によるサポートについても、古城さんなら知識があるはずだ。

「本題に入ります。今日、ノエルさんに来てもらったのは、危険が迫っているかもしれないとお伝えするためです」

「危険？」

「犯人は、ノエルさんにも危害を加えるかもしれません」

ノエルは、大きく瞬《まばた》きをした。

「犯人って……」

「宗雄さんに、漂白剤を盛った犯人です」

食中毒騒動の真相は、宗雄の自作自演——。私が導いた結論に、古城さんは異を唱えた。補足を求めたところ、ゼミ室に来るよう指示されたのだった。

「事故でも自作自演でもないってことですか？」

「店を営業停止に追い込もうとした。その手前の動機が、嫉妬にしろ恋愛感情にしろ、僕は納得できませんでした」

「私も、納得はしていませんけど……」

「保健所や警察を動かしたいのであれば、ウィッチズ・ジュエルでは未成年を雇用していると通報すれば足りた。食中毒騒動まで起こす必要はなかったはずです」

「宗雄さんが、ノエルちゃんの年齢を知らなかったとしたら?」私は訊いた。

私やルナも知らなかったのだ。ノエルは、葛井にしか話していないと言っていた。年齢を偽って働いていた以上、迂闊《うかつ》に明かすことは避けてきただろう。

「食中毒を起こすにしても、脅迫メッセージまで準備して自分を被害者に仕立て上げた理由がわかりません」

「それが確実な方法だと思ったからでは?」

「ランダムのグラスに漂白剤を混入するのは、それほど難しくなかったはずです。たとえば、シャンパンタワーに近付いた際に、漂白剤が入った水溶性のカプセルを適当なグラスに入れるだけでいい。他の客やキャストの誰かがそのグラスを手に取れば、自分はダメージを負うことなく目的を達成できます」

古城さんが言いたいことはわかる。自身が苦しまずに目的を達せられるのなら、普通はそちらを選ぶ。あえて不合理な行動を選択した理由を説明できていない。そう指摘されたら、言い返すのは難しい。

「でも、宗雄さん以外の第三者が犯行に及んだとは思えません」

そう私が言うと、「どうして？」と訊き返された。

「方法がないからです」

検討を重ねた末にたどり着いた結論だった。

「その方法を今から説明します」

自信がある口ぶりに聞こえた。私が把握している情報は、全て古城さんに伝えた。それらを組み合わせることで、私とは異なる答えを導いたのか。

「教えてください」

ノエルが、不安げな表情で古城さんを見つめている。

「毒を毒で上書きした。それが、今回の事件の真相だと思っています」

「上書き？」

どんな状況を思い浮かべているのか、想像することもできなかった。

「はい。そして、その毒は、シャンパンタワーのグラスに入っていたというのが結論です。これだけだと、何の説明にもなっていませんよね」

「宗雄さんのグラスを狙い撃ちにする方法があったと？」

私の問いに、古城さんは首を横に振って答えた。

「毒は全てのグラスに入っていました」

「いや……、グラスに口をつけた人は何人もいたけど、倒れたのは宗雄さんだけだった。そう説明しましたよね」

「順を追って整理します。シャンパンタワーのグラスを口に運んだ被害者は、体調不良を訴えた。その後、スタッフが生卵を被害者に飲ませて嘔吐。病院に救急搬送されて、漂白剤を誤飲したことによる食中毒と診断された。これで合っていますか？」

「はい。生卵は、胃や食道の粘膜を保護する効果があるらしいです。でも、宗雄さんは卵アレルギーだったので、症状が悪化してしまいました」

「そこが間違っています」

「えっ？」

思いもよらないところで否定の言葉を口にされた。生卵の保護効果や卵アレルギーの症状については、自分でも調べて確認した。

古城さんはパソコンの画面を見つめながら、さらに説明を続けた。

「漂白剤、生卵。この順番で被害者は口にしたと思っていますよね。ですが、被害者が先に口にしたのは生卵だったんです」

「違いますよ」そう否定したのは、ノエルだった。「宗雄さんは、漂白剤で苦しんで……。だから竜くんは、生卵を準備したんです」

「さっき言いましたよね。毒で毒を上書きしたと」

「毒っていうのは……」

「卵です」

漂白剤だと思って、私は聞いていた。ノエルも同じだろう。そう勘違いするようミスリードされていたのか。

「卵アレルギーの症状が先だったと？」

動揺しているノエルに代わって、私は確認した。

「人体に有害な作用を及ぼす物質を毒と定義した場合、毒性の有無には個人差が生じます。食物アレルギーは、その典型例です。大多数にとっては問題がない食べ物でも、アレルギー疾患を発症している人が口にすると重篤な症状を引き起こしかねない」

「卵は、宗雄さんにとって毒だった……」

「被害者が無作為に選んだグラスにだけ、毒が仕込まれていた。そう考えると不可解な犯行状況のように思えますが、実際は全てのグラスに卵を忍ばせていただけだったんです」

「でも、卵なんて」

開店前に、私はシャンパンタワーの飾りつけを手伝った。その際に、生卵がグラスに入っていたら気がついたはずだ。

私の疑問を予期していたように、古城さんは答えた。

「グラスに食紅が入っていたんですよね」

「あっ……」

シャンパンを赤く染めるために、食紅をグラスの底に入れている。そう説明を受けたし、実物をこの目で見た。

「食紅に、アレルギー対策が施されていない粉末卵を混ぜたんだと思います」

「そんなものがあるんですか？」

「はい。インターネットでも購入できます」

食紅も粉末卵も水溶性なので、シャンパンを注げば溶ける。粉末の濃度や量を調整すれば、アレルギーが発症する可能性もあったのではないか。

アレルギーを発症していない者にとっては、無害な物質だ。味もほとんど変わらなかっただろう。宗雄にとってのみ、卵は毒だった。

「乾杯の後に宗雄さんが体調不良を訴えたのは、漂白剤ではなく卵アレルギーが原因だった。そう考えているんですね」

「呼吸苦、吐き気。どちらも、アレルギー症状に含まれるそうです」

「でも、病院では漂白剤が原因だと言われたって……」

困惑した表情で、ノエルが言った。

「漂白剤が体内に入ったのは、その後だと考えれば矛盾しません」

「いっ——、ですか」

「もう気がついてるのではありませんか」

ノエルは俯いた。両手の拳《こぶし》を強く握りしめている。

食紅を準備した人物。私が助けを求めた人物。グラスから漂白剤の匂いがしたと供述した人物。タンブラーに生卵を入れて持ってきた人物。

全て、同一人物だ。

「竜くんが……」

「犯行に及ぶことができたのは、葛井竜しかいないはずです。水溶性のカプセルを用いれば、漂白剤が溶け出すまでに時間差が生じます。独特な匂いをカプセルに閉じ込めて、胃薬などと偽れば、本人に気付かれずに、本命の毒を服用させることができたのではないでしょうか」

葛井がキッチンから持ってきたタンブラー。そこに、生卵だけではなく、漂白剤も入っていたとしたら？

卵アレルギーの症状で苦しんでいた宗雄の食道を、生卵と漂白剤が通った。

結果は変わらない。卵アレルギーと漂白剤による食中毒。どちらが先で、どちらが後か。飲み込んだ順番までは医師も見抜けなかったのではないか。

では、なぜタンブラーに生卵を入れたのか？

漂白剤による腐食作用を中和するためではない。卵アレルギーが生じたタイミングをごまかすためだったのだろう。卵を入れたという口実を得られればよかったので、宗雄が気付かないくらいまで、水で薄めたのかもしれない。

毒で毒を上書きした——。ようやく、その発言の意図がわかった。

「グラスから漂白剤の匂いがした。そう竜くんが言ってたのも、嘘ってことですか」

「僕の考えが合っているなら、その時点で漂白剤は混入していなかったはずです。その後の展開を全て計画していたから、辻褄《つじつま》を合わせようとしたのだと思います」

「どうして、そんなことを……」

宗雄が救急搬送された後、残されたスタッフやキャストは、生誕祭の後片付けを行った。シャンパンタワーのグラスも洗浄したため、粉末卵が入っていたとしても、保健所の立入検査が行われた時点で痕跡《こんせき》は残っていなかった。

病院から戻ってきた際、店内が営業時の状態で放置されていたら、葛井は言葉巧みに清掃を促すつもりだったのだろうか。

「動機まではわかりませんが、ノエルさんに忠告すべきだと思いました」

「私に危害を加えるかもしれないから、ですか」

何かを悟ったように、ノエルは言った。

「あなたたち三人の間に何があったのかは知りません。ですが、特定の客に脅迫メッセージを送り、漂白剤を盛って病院送りにした。自身がスタッフとして働く店舗での犯行です。常軌を逸していると、僕は思いました」

悪意の矛先が、ノエルに向かうかもしれない。古城さんは、そう心配しているのだろう。心当たりの有無は、当事者であるノエルに訊くのが適切だ。

「本当に、竜くんがそんなことをしたなら……、私のせいかもしれません」

「なぜ、そう思うのですか」

「私と竜くんは、付き合っています。最初は、優しくて、男気もあって、頼れる彼氏でした。でも、だんだん彼の愛情が重く感じるようになって、距離を置こうとしたら私のやることなすことにまで口を出すようになったんです」

「それでも、別れなかったのですね」

ファミレスで、ルナも同じ確認をしていた。

「一度別れを切り出したら、めちゃくちゃ怒って――、殴られたんです」

「昨日は、そこまで言ってなかったよね」私は訊いた。

「キャストに話したとバレたら、何をされるかわからなかったので」ノエルは、困ったような笑みを浮かべて、「刺激しちゃダメだって、自分に言い聞かせてきました」と続けた。

「被害者と、葛井竜との間の接点は？」

再び、古城さんが聞き役を担った。

「個人的な繋がりはなかったはずです。でも……、全て正直に話しますね。竜くんは、私にウィッチを辞めてほしかったんだと思います」

私の顔をちらりと見てから、ノエルは続けた。

「他の男と楽しそうに話しているのが許せない。そう何度も言われました。コンカフェ嬢なんかじゃなく、まともな仕事についてくれとも――。ただの接客業なのに、意味わかんないですよね。正論を言っても怒らせるだけなので、曖昧にごまかしていました」

「辞めるつもりはなかったと」

「お喋りしているだけで給料がもらえる。頑張れば頑張った分だけバックしてくれる。私、頭もよくないし、学歴もないから……。コンカフェ嬢が天職だと、本気で思っていました。それに、同じような子が集まる職場だし、無理にちゃんとしなくてもいいんだって、周りを見て安心できた。かりんちゃんは、ちょっと違いますけど」

「葛井竜は、その説明で納得しましたか」

「ううん、まったくです。だから、お客さんのせいにしちゃいました。大金を使ってポイントを貯め込んでる人がいて、見返りを期待されてる。突然ウィッチを辞めたら、何をされるかわからない。時間を掛けて綺麗《きれい》に切るから、もう少し待ってほしい。はっきりとは覚えてないけど、こんな感じで話したんじゃなかったかな」

「問題の客が誰かも、特定しましたか」

「はい。一番ポイントを貯め込んでいた、宗雄さんだと」

そうノエルに打ち明けられた葛井は、何を考えたか。

ノエルは、自ら迷惑客との関係を清算すると言っている。だが、言葉選びを失敗すれば、惨事を招いてしまうかもしれない。大人である自分が何とかしなければ……。

サービスの一環とはいえ、恋人が疑似恋愛のような接客を行っていることに、葛井は苦痛を感じていたようだ。未成年である事実をオーナーに伝えれば、ノエルはウィッチをクビになっただろう。けれど、本人の性格や懐事情からして、別のコンカフェを探したり、お金欲しさに性風俗の世界に飛び込む可能性が高かった。

「宗雄さんを被害者にすることで、恋人を追い詰めた制裁を加えるとともに、ノエルさんが退職を躊躇う理由をなくそうとした。食中毒騒動は世間の注目を集めやすいので、未成年接待の事実も拡散されて、業界での居場所も既になくなっているかもしれません」

古城さんは、淡々と見解を述べていった。

それでもノエルが葛井の望まない仕事を続けようとした場合は、強硬手段に出るつもりだったのではないか。たとえば、今回の事件の真相を明かすだけで、ノエルは葛井の本気を否《いや》が応でも知ることになる。逆らえば、何をされるかわからないと……。

「私、どうすれば――」

今にも泣き出しそうなノエルの声。

テーブルの上に置かれていたノエルの携帯が震えた。画面が点灯して、電話番号とともに、『竜くん』と表示された。

「出ない方がいい」私は思わず、そう言った。

「……そうですよね」

ノエルは着信拒否ボタンをタップして、立ち上がった。

「どうするの？」

「警察に行きます」

古城さんは冷静な声色で、「葛井竜が犯人であることを裏付ける客観的な証拠は、今の時点では示せません。警察が動くかは五分五分といったところです」と言った。

「竜くんが私を殴ったときの音声とか、暴言メッセージのスクショがあります。これを警察に持っていけば、傷害事件で動いてくれますよね」

「賢明な判断だと思います」

「じゃあ――、行ってきます。またね、かりんちゃん」

私のキャストネームを、ノエルは三度口にした。

＊

「ついていかなくてよかったんですか？」

ノエルがゼミ室を出て行った後、古城さんは私に訊いた。

「ちゃんと説明しないとな、と思って」

「ノエルさんが、失言したから……、ですか？」

「口止めしていたわけではないので」

二人で来てほしいという申し入れを承諾した時点で、この展開は覚悟していた。

「どうして、僕に相談してきたのですか？」

「他に頼れる人がいなかったからです」

そこで古城さんは、核心に触れる質問をした。

「戸賀ではなく、僕を相談相手に選んだ理由を訊いています」

「古城さんに相談すれば、夏倫にもすぐ伝わると思ったからです。毒で毒を上書きした——。あのアイディアを閃いたのは、夏倫だったのでは？」

「僕には解けない謎だと？」

「気分を害したなら、すみません」

「正解です。いつもどおり、僕の的外れな推理を、戸賀が修正してくれました」

「さすがですね」

古城さんの言うとおり、初めから夏倫に連絡すべきだったのかもしれない。

「本人から聞いていると思いますが、戸賀は今、インターンで東京に行ってます。それでも、友人が事件に巻き込まれていると知ったら、メッセージや電話で相談に応じたはずです。そうしなかったのは、戸賀に対して負い目があったからですか」

「恥ずかしかっただけです」

「戸賀の名前をキャスト名に使っていたから？」

私は頷いた。穴があったら入りたい気持ちだった。

夏倫に相談したら、コンカフェで働いている理由や店の情報について、あれこれ訊かれることは容易に想像できた。

そして、ウィッチで食中毒騒動が起きたことは既に報じられている。ホームページを見れば、キャスト一覧に私の顔写真が『かりん』として掲載されている。

「いつもの名前を使えば良かったのでは？」

「身バレを避けたくて……」

だからと言って、友人の名前を勝手に使っていい理由にならないことはわかっている。

「戸賀は、面白がってると思いますよ」

「今度会ったら、ちゃんと謝ります」

キャスト名を決めるとき、とっさに頭に浮かんだのが夏倫の名前だった。憧《あこが》れている友人の名前で呼ばれたい。そんな願望を、心の奥底に抱いていたのかもしれない。

「どうして、コンカフェでアルバイトを？」

「現実逃避と人生経験を積むためです」

「グループのためですか」

「そうですね」

活動休止を宣言した直後から、自分にできることはないか、ずっと自問自答していた。

炎上商法にはもう頼らない。活動を再開したら、新たな企画で視聴者にアプローチする。時間があるうちに、いろいろな経験をして一つでも多くの武器を手に入れよう。そう決めて、日々動き回ってきた。

視聴者の多くは、同年代の学生。これまで接してきたことのない人たちと交流を深めれば、視野を広げられるかもしれない。そう考えた。

そして、ウィッチの求人情報を見つけ——、現在に至る。

「短期間の間に事件に巻き込まれるとは、なかなか持っていますね」

おかげで、探偵の気分を味わうことができた。名探偵ではなく、迷探偵の方だけれど。

「これも夏倫の呪いかもしれません」

「次がないことを祈っています」

「それ、フラグですよ」

今度は、私の携帯がテーブルの上で震えた。着信画面に、『夏倫』と表示されたのを見て、私は古城さんの顔をちらりと見た。

「噂をすれば何とやら、ですね」

暮葉として、私は苦笑した。

エピローグ

レイワ探偵事務所。

今ひとつのネーミングセンスであることは自覚している。

令和になってから独立に向けて動き出したこと。中塔玲《なかとうれい》という私の名前。新時代を象徴する探偵事務所を目指すという想いも込めて、〝レイワ〟の名を冠することにした。

所属していた大手の探偵社を辞めて独立してから約一年……。ある程度の苦労は覚悟していたが、ここまで閑古鳥が鳴き続ける事態は、さすがに想定外だった。

雑居ビルの一室に看板を掲げただけで、依頼者が訪れる時代ではない。

近隣住民へのチラシのポスティング、ホームページの制作、各種ＳＮＳでの発信……。集客のために、やれるだけのことはやってきたつもりだ。

浮気調査、所在調査、人捜し――。迷子猫捜し以外（重度の猫アレルギーゆえに）の案件は、選《え》り好みせずに受任してきた。依頼者に満足してもらえるよう、全力を尽くしてきた自負もある。それにもかかわらず、問い合わせ件数は日を追うごとに減っていった。

探偵社に属していたときは、黙っていても仕事が割り振られた。そこで身につけたノウハウや技術も錆《さ》びついていく一方だ。

独立当初の熱量は、どこかに消え失《う》せてしまった。新時代を象徴する探偵になるどころか、その日暮らしの生活を送るのが精一杯だ。

唯一のスタッフの給与や家賃を支払うだけで、収入のほとんどがなくなってしまう。

そろそろ、事務所を畳むことも検討しなければ……。

レイワに終止符を打つか否か。平日の昼過ぎから、投げやりな気持ちで缶チューハイを飲んでいると、事務所の固定電話が鳴った。スタッフは不在だった。

少し迷ったけれど、三コール待ってから受話器を取った。

「お電話ありがとうございます。レイワ探偵事務所です」

『あっ、お忙しいところすみません』

「どういったご用件でしょうか?」

『代表の中塔様でしょうか』

「はい、中塔玲です」

相手は若い女性の声だった。相談者としては珍しい属性だ。

『つかぬことをお尋ねしますが、インターンは募集していますか?』

「はい?」

『私、探偵に興味がありまして』

シラフだったら、そこで受話器を置いていたかもしれない。本当に、つかぬことだ。けれど私は、缶チューハイを口に運んで先を促した。

「学生さんですか?」

『はい、大学生です』

探偵にインターン。しかも、こんな風前の灯《ともしび》事務所に。

「お名前は?」

変わり者は嫌いじゃない。

『戸賀夏倫です』


日程調整後、戸賀夏倫は手土産を持って事務所を訪れた。

チェック柄のブラウンのワンピース。胸元には、小ぶりのリボンをつけている。

フィクションの世界の探偵助手のコスプレのような(スタッフがこんな格好で出勤してきたら注意するけれど)、不思議なファッションだった。

「わたくし、こういう者です」

そう言って、学生証を見せてきた。霞山大学経済学部の四年生。顔写真も貼られている。どう反応すればいいのか、少し困った。

「別に疑っていませんよ」

こちらから身分証の呈示を求めたわけではない。

「なりすましとかも気をつけないといけない時代なので」

「被害に遭ったことが?」

愛嬌《あいきよう》があるたぬき顔で、不思議な雰囲気をまとっている。実は芸能人なんですと言われても、納得してしまいそうだ。

「私の名前を使ってコンカフェで働いていたと親友に打ち明けられたり、女の子だと思っていた美容整形の被害者が男の子だったり。ここ数カ月の間に、いろいろありました」

「へえ……」

私が大学を卒業したのは五年前。今どきの大学生の口からは、コンカフェや美容整形という単語が当たり前のように飛び出すのか。彼女が置かれている状況が特別なのか。

「インターンの面接を実施してくださり、ありがとうございます」

「どうして、ここを選んだのかな」

インターン募集の告知を出した覚えはない。案件が途絶えている状態でインターンを迎え入れても、お互いにとって何のメリットもないだろう。

「もともと探偵に興味があったんです」

「私が言うのも変な話だけど、変わってますね」

「よく言われます」

「霞山大なら、就職先にも困らないでしょ。探偵なんて、そんなに夢がある仕事でもないし」

「確かに、どこかしらから内定が出てる友達がほとんどです。文系なので、大学院に進む子も少なくて。でも、会社勤めしてる自分の姿がイメージできないんですよね」

「探偵ならイメージできると?」

「大学で、そういった活動をしているので」

「具体的には?」

大人気ないなと思いながら訊《き》いた。

所詮《しょせん》は学生のお遊びだろう。友人の恋人の浮気を突き止めたとか、サークル内での窃盗騒動を解決に導いたとか、そういった武勇伝が披露されるのだろうと思っていた。

「守秘義務があるらしく、詳しくは話せないのですが……」

個人情報を伏せて披露されたのは、予想の斜め上をいくエピソードばかりだった。

女子大生の自殺と赤子の失踪《しっそう》事件。有名ユーチューバーのリベンジポルノ事件。実母との絶縁を希望していた女子大生の死亡事件。ロースクールの模擬法廷で起きた密室監禁事件。二通の遺言書を作成した老医師の不審死事件――。

「全て実話?」

「はい。作り話なら、もっとドラマチックな真相にします」

真偽は確かめられない。ただ、彼女のキャラに興味を持ってしまった。

「充分ドラマチックだと思うけど」

「ありがとうございます」

「探偵の才能に気がついて、仕事にしようと決めたの?」

「趣味に留《とど》まらず仕事にできるかを見極めたくて、インターンを経験してみたいなと」

どうやら、遊び半分や無鉄砲な行動というわけでもないらしい。

「こんな弱小探偵事務所を選んでくれた理由は?」

「ホームページもSNSも、良い意味で探偵事務所っぽくなくて、センスを感じました。公開されてる事務所の写真もお洒落《しゃれ》だし、中塔さんの経歴もしっかりしてる。偉そうに聞こえるかもしれませんが、素敵な事務所ですよ」

拘《こだわ》っているところを的確に指摘されて、口角が上がりそうになった。

「戸賀さんに満足してもらえるような案件は、残念ながら準備できそうにないけど」

謎解きが必要な案件には、めったに巡り合わない。

「経営が芳しくないのだとしても、それは中塔さんのせいではありません」

「大学生に慰められたら、いよいよだなあ」

「本当の原因、気付いていませんよね」

先ほどまでとは打って変わって、真剣な表情で見つめられた。

事務所の立地も妥協せずに選んだし、時間を掛けて開業準備を整えた。絶対数は多くないけれど、顧客の満足度もそれなりに高いはずだ。

「……どういう意味？」

原因がわからないからこそ、お手上げの状態に陥っている。

「こんな口コミを見つけました」

携帯の画面には、『迷い猫の捜索をお願いしたら、別の事務所に行ってくださいと冷たく断られました。対応できないなら、最初からホームページに書いておいてください。時間の無駄でした』という最低評価の口コミが表示されていた。

「ああ、それか。ホームページには、ちゃんと書いておいたんだけどね。猫アレルギーだから対応できませんって」

「そうなんですね。でも、この口コミを見た人は、苦情が出たからホームページを修正したと理解するかもしれません」

口コミの重要性は理解している。依頼を検討している場合、事前に口コミに目を通した上で事務所に問い合わせる者が多いからだ。

「投稿された口コミは基本的に消せないし、反論しても印象が悪くなるだけでしょ」

これが原因ですと言われても、対応策を講じることはできない。

「他にも、最低評価の口コミがいくつか投稿されていて、部外者の私から見ても理不尽だなと感じるものばかりでした」

「誤解を生む対応があったのかもしれない」

しかし、戸賀夏倫はさらに続けた。

「SNSのアカウント、シャドウバンされてることは気付いてますか？」

「シャドウバン？」

聞き馴染《なじ》みがない単語だった。

「不適切投稿や規約違反行為に及んだユーザーに科されるペナルティです。SNSごとに対応は異なりますが、警告や通知はほとんどされないので、知らない間にシャドウバンされていることが多いそうです」

「どんなペナルティを受けるの？」

「検索に引っ掛からなくなったり、投稿がタイムラインに表示されづらくなったり、いろんな種類があります。存在しているのに、影や幽霊のように扱われるわけです」

「私のアカウントが、そうなってると？」

「はい。ユーザー名で検索しても、アカウントが見つかりませんでした」

把握していなかったので驚いた。

「ペナルティを科されるような投稿はしてないよ」

当たり障りのない事務所の紹介や食事の投稿くらいしかしていない。

「大量通報も、シャドウバンのトリガーになります」

「通報って……、他のユーザーから？」

「違反行為の証拠がなくても通報はできます。数件の通報なら相手にされなくても、塵《ちり》も積もればなんとやら——、です」

納得できない低評価の口コミ。ＳＮＳに科されているというペナルティ。

不運が重なった結果ではないとしたら。

「嫌がらせか、事務所を潰《つぶ》そうとしている人がいる。そう言いたいんだよね」

「心当たりはありますか？」

「ない、って否定できればいいんだけど……」

「同業者ですか」

「どうしてわかるの？」

「それなりにコストがかかる嫌がらせなので、ただの私怨《しえん》ではないような気がして」

近隣住民に、事務所を貶《おとし》める内容のビラを配る。他の探偵社にも悪評を広めて依頼者を紹介しないように働きかける。そういった妨害工作が他にも行われているかもしれない。

「所属してた探偵社を辞めるときに、ちょっと揉《も》めたの」

「本当に、ちょっとですか？」

「かなり揉めた」

彼らならやりかねない——。そう思ってしまった。

「早とちりは危険ですが、原因がわかれば対策を講じられます」

「あなたが優秀であることはわかった」

「どうでしょう。インターンとして受け入れてもらえますか」

彼女が事務所に入ってきてから、まだ三十分も経っていない。調査能力、実行力、積極性。いずれも申し分ない結果を示されてしまった。

「私の質問に答えてくれるなら」

「何なりとお訊きください」

「どうやって、この事務所を見つけたの？」

「さっき答えたとおり、ホームページやＳＮＳの投稿に魅入られたからです」

「シャドウバンされているのに？」

「………」

『レイワ探偵事務所』で検索すれば、ホームページには辿《たど》り着いただろう。だが、事務所名を認識したのは、どのタイミングだったのか。

影のように扱われているＳＮＳのアカウントに、どうやって光を当てたのか。

「何か隠しているよね」

「さすがですね。バレちゃいましたか」

特徴的な顔立ちだ。どこかで会っていたら覚えているだろう。

「本当の目的は？」

「レイワから中塔さんではなく、中塔さんからレイワに辿り着いたんです。言っている意味がわかりますかね。私が興味を持っていたのは、あなた自身です」

「誰かに調べてほしいって頼まれたの？」

「いえ、私の意思です。探偵社を開いていると知ったときは、本当に驚きましたよ。同じような人生を辿っているんだなと」

「私たち、初対面だよね」

そう確認すると、戸賀夏倫は頷《うなず》いた。

「私の母親の旧姓は、中塔です。中塔菫《すみれ》」

「……嘘」

血が繋《つな》がった母親の名前。同姓同名とは思えない。

「私たち、姉妹なんですって」

「ちょっと待って。理解が追いつかない」

私の静止などお構いなしに――、

「よろしくね、お姉ちゃん」

押しかけインターン生、もとい自称妹は、微笑を浮かべた。

初出

プロローグ　書き下ろし
「密室法典」　小説 野性時代 2023年2月号
「今際言伝」　小説 野性時代 2023年7月号
「閉鎖官庁」　小説 野性時代 2023年11月号
「毒入生誕祭」　書き下ろし
エピローグ　書き下ろし

五十嵐律人（いがらし　りつと）
1990年岩手県生まれ。東北大学法学部卒業。弁護士（ベリーベスト法律事務所、第一東京弁護士会）。『法廷遊戯』で第62回メフィスト賞を受賞し、デビュー。著作に、『不可逆少年』『原因において自由な物語』『六法推理』『幻告』『魔女の原罪』『真夜中法律事務所』、実用書として『現役弁護士作家がネコと解説 にゃんこ刑法』も刊行している。

密室法典《みっしつほうてん》

2024年4月24日　初版発行

著者／五十嵐律人《いがらしりつと》

発行者／山下直久

発行／株式会社KADOKAWA
〒102-8177　東京都千代田区富士見2-13-3
電話　0570-002-301（ナビダイヤル）

印刷所／大日本印刷株式会社

製本所／本間製本株式会社

●お問い合わせ
https://www.kadokawa.co.jp/（「お問い合わせ」へお進みください）
※内容によっては、お答えできない場合があります。
※サポートは日本国内のみとさせていただきます。
※Japanese text only

定価はカバーに表示してあります。

ISBN 978-4-04-113634-8　C0093